死者たちの切札　琉球２０ＸＹ年

目次

ジャケットデザイン　バグハウス

死者たちの切札

琉球20XY年

第一章　漁業調査船『翔洋丸』

例年にない早い台風の来襲だった。中心付近の最大風速が四〇メートルの大型で強い台風五号は沖縄本島の西の海上約六十キロを通過した。

二日後、在日米軍報道部は沖縄本島北部の東海上約十キロに浮かぶ海兵隊のヘリポート基地『キーストン・オブ・ザ・パシフィック』の損傷について調査結果を発表した。デッキ接続のボルトに数カ所の緩みは確認できたが破損はなく日米の技術水準の高さを誇示した。


豊平要は充血した眼をこすりながらいすを立った。デスクのコンピュータのモニター画面は沖縄県のホームページが開いたままになっている。

窓際でたばこに火をつけ深く吸い込みため息まじりに煙をはきだした。一瞬、めまいがしてよろけそうになった。ガラス窓に手をかけ二度、三度と頭を振った。

外は薄暗くビルの屋上の赤いネオン看板が目に痛いほどの光を放っていた。

「めんそーれおきなわか」

豊平は看板のネオン文字をつぶやき、窓際のソファーに腰を下ろした。豊平はこの部屋に泊り込んで一週間にもなるというのにネオン看板に気づかなかった。いつも窓際でたばこをくわえ外を眺めていたはずなのに。

　デスクの上の携帯電話がメロディーを奏でた。豊平は反射的に腕時計に目をやった。午前五時をすこしまわっている。たばこの火を灰皿にもみ消し、携帯電話を急いで取った。

　すぐにことばを送った。

「報告が遅れまして」

　丁寧にことばを返す。

「はい、分かっています。気遣いなどはしていません。何でもないことに気を取られていまして」

　豊平は外に視線を向けた。ビルの間からモノレールの青い車両が現れ、久茂地駅に滑り込む。

「そちらからも見えると思いますが、あの『めんそーれおきなわ』の看板、前からありましたか」

　返ってきたことばに何度かうなずく。

「そうですか。十五年も経つんですか。まったく気づきませんでした。観光で食っていければよかったのですが」

　豊平は相手の指示に従うかのように携帯電話を左手に持ち代え、デスク中央にあるデスクトップ型コンピュータのマウスを右手でクリックしていく。モニターの画面には文字はなく空白になっている。

「まだメールは入っていません。六時までには何らかの報告ができると思います」

豊平は携帯電話を耳に押し付け何度かうなずく。

「はい、その時間までには結論を出すつもりでいます。会見は予定通り午後三時でかまいません。ただし記者クラブへの連絡は会見の三十分前にしていただきたいと思います。では六時に報告します」

豊平は携帯電話をデスクに置くと窓際に寄った。たばこに火をつけ看板に目をやった。観光で成り立つわけがない。吸い上げられるだけだ。フリーゾーンにしても国際都市にしても結局のところ日本という国の枠組みのなかでのこと。実を結ぶはずはなかったのだ。

たばこの煙をため息まじりに吐きだした。復帰して何をしようとしたのだ。どう生きようとしたのだ。日本という国に拠り所を求めただけのことだった。それでは物乞いではないか。

「おはようございます」

高い声と低い声がハモった。

大城律子と真栄里太平が同時に部屋に入ってきた。

豊平は「おはよう」と素っ気なくこたえた。

大城と真栄里はデスクに着くなりパソコンのスイッチを入れた。

真栄里が大城の耳元で話しかけた。

「いよいよですね」

大城はモニターの画面を開きながらことばを返した。

「いい予感がします。きっと見つけてくれると思います」

真栄里は微笑んだ。

豊平は腕時計に目をやり再びマウスをクリックした。

「きたぞ」

豊平の弾んだ声が真栄里と大城にも届いた。二人は豊平のデスクに駆け寄りモニターをのぞき込んだ。電子メールだ。

《黒潮海流調査研究室の皆様、おはようございます》

《こちらは漁業調査船翔洋丸です》

《現在、魚釣島の北約四マイル、北緯二五度五〇分、東経一二三度三一分の最終ポイントで調査を終えたところです。天気は快晴、風は南の風三メートルです》

《台風五号の接近の折にはご心配をおかけしました。海底探査艇レキオス３０００の回収に手間取り、避難は遅れましたがレキオスを無事に収容、ただちに与那国島の久部良港に避難しました。水産高校の実習生四十五人、糸数鉄雄船長以下二十人の乗組員に負傷者はなく、台風避難による日程のロスを除けば、順調な調査となりました》
《今回の調査でクロマグロの回遊が再確認できました。魚釣島から飛瀬、北小島、南小島、沖ノ南岩、沖ノ北岩、そして魚釣島に結ぶ線上で囲った漁場でのクロマグロの養殖は可能で、将来的には極めて有望な産業になりえると確信しています》
《最後に、このメールをもって報告を終わらせていただきます。本船は宮古島の平良港に帰港します。黒潮海流調査研究室の今後のご活躍をお祈りいたします》
《黒島信之》
　三人は顔を見合わせた。
　真栄里が声を上げた。
「やりましたね。ほんとうにクロマグロを見つけたんですね」
　豊平は再び電子メールに目をやりうなずいた。
「太平、すぐに黒島にねぎらいのメールを送ってほしい。君たちの労は絶対に無駄にはしないとね。律子は全員を集めてくれ。打ち合わせは七時、場所はBにして」
　豊平はまた腕時計を見た。六時をすこしまわっていた。デスクの携帯電話を取り素早く番号を押した。
　呼び出し音が鳴ると同時に相手は出た。

「大変、お待たせいたしました」

豊平は微笑みながらことばを続けた。

「正直言って毎日午前五時の報告では健康に気をつかわないわけにはいきませんでした。これもきょうで終わりかと思うとほっとしています」

真栄里と大城は手を休め豊平に視線を送った。

「間違いなくクロマグロでした。養殖計画は早急に実行に移すべきだと思います。詳細は報告書で午前九時までに提出します。二時間もあれば十分に検討できますのでその後に臨時の庁議を開かれたらいかがでしょうか」

豊平は「わかりました」と言って携帯電話を置き真栄里に声をかけた。

「黒島へのメールは早く済ませてほしい。今後の計画にふれることなく簡単なねぎらいとこちら側の決意が伝わればいい。それが終わったら養殖計画の報告書づくりに取りかかろう」

パソコンのモニター画面の「呼び出しA」をクリックした大城はOKの表示を確認しながら右手の指で丸をつくり豊平に合図した。

「全員に連絡が取れたようだし律子はこれからのスケジュールをたててくれ。期間は三カ月、皆で検討できる程度でいい」

豊平はデスクを離れソファーに腰を下ろした。背もたれに上半身を沈めると急に睡魔が襲ってきた。

「すこし仮眠を取る。十五分もしたら起こしてくれ」

大城と真栄里は同時に「はい」と言った。

キーボードをたたく音が室内に響く。

豊平はまどろみの中で大城がブラインドを下げる音を耳にした。

第二章　クロマグロ養殖計画

琉球音階のメロディーに豊平はソファーから身を起こした。周りを見渡したが誰もいない。奏でるメロディーははるか遠くのように感じた。深い眠りに入っていたようだ。メロディーの奏でる方向に手を伸ばし携帯電話を取った。相手は大城律子だった。

「全員、集まりましたのではじめたいと思います」

豊平は腕時計を見た。七時をすぎていた。

「なぜ起こさなかった」

携帯の向こうから大城のすまなさそうな声がもれる。

「声はかけましたがまったく起きる気配はなかったものですから。疲れているようでしたし、すこし休んでもらおうと思いましたので」

「報告書やスケジュールはできているのかね」

「こちらに持ってきてあります」

「すぐ行く」

豊平はネクタイを締めなおして背広を取り、パソコンのスイッチを切り部屋を出た。エレベーターを使わず階段を下りた。まだ登庁には早く一階までの間、誰とも会わなかった。庁舎裏門の前の横断歩道を横切り、角を折れたところのホテルに入った。ロビーを通り突き当たりの部屋のドアを開けた。

部屋には真栄里太平、大城律子のほかに崎山隆、平良麻美、仲宗根智明、大山美紀、島袋和博がいた。黒潮海流調査研究室の全員が顔をそろえるのは久しぶりのことだった。それぞれがノート型のパソコンを開きキーをたたいている。

「おはよう。遅くなって」

豊平の声に皆が顔を上げたがあいさつはなかった。

「律子、すまないがホットコーヒーを頼んでくれ」

大城律子は「はい」と言って立ち上がり部屋の隅のデスクに置かれた電話機に向かった。

向き合う形で二列に並べた机の端に豊平は腰かけた。机の上には大きな封筒が置いてあり中からA４用紙でつづった薄い報告書を引き出した。一つは『クロマグロ養殖計画について』とかがみがつき、もう一つはスケジュール表だった。

「ではじめようか。パソコンは閉じてくれ」

豊平は一人ひとりに視線を送りながら言った。皆、緊張した顔つきになっていた。

「まず報告をしたい。手もとの報告書にあるとおりだが、クロマグロは見つかった。黒島君にはねぎらいのメールを送っておいた。これで計画を実行に移す条件はすべてそろったことになる。この計画はきょう知事が発表する。午後三時の記者会見だ。当然ながら県内をはじめ国内外で大きな波紋を呼ぶことになるだろう」

　豊平はすこし間をおいて強い口調で続けた。

「私自身、この計画を実行すれば最悪のケースとして沖縄と日本が対立し中国とアメリカを巻き込んでの戦争に発展することだってありえると思っている」

　皆押し黙っていた。

　真栄里が口を開いた。

「クロマグロ養殖計画を実行に移すにあたってはあらゆる想定を立てています。いま言われたとおりの最悪なシナリオ以上に県民同士が血を流すことだってありえると思っています。それよりも私たちが懸念するのは知事の決意です。室長が見える前にも皆で話し合ったのですが日本政府はこの計画を知ればどんな手を使ってでも阻止に動きます。どのような状況下に置かれても計画を実行していくという信念が知事自身にあるのかどうか、そこが知りたいのです」

　崎山隆がすぐに続けた。

「沖縄はこれまで様々な形で日本政府と戦ってきました。勝てるはずの戦いがすべて負けた。なぜなのか。それは沖縄県民の事大主義にあると思うのです。その代表格が知事で決断を迫られたとき日本に依存しないと生きていけないと思ってしまう。沖縄の選択肢は常に一つで日本国のなかでの存立を選択してきた。もしクロマグロ養殖計画も最終局面でそうなるのであれば計画は中止し政府との余計な摩擦はさけるべきではないでしょうか」

豊平はたばこに火をつけた。

黒潮海流調査研究室で一番歳の若い島袋和博が口を尖らせて言った。

「どのような結果になっても計画は実行に移すべきです。私はこの計画は壮大な実験だと思っています。失敗は恐れません。ただクロマグロ養殖計画には当事者である軍用地主のことについてまったくふれていません。実行のスタート段階で地主などの圧力に押しつぶされてしまわないか、そこが不安なのです。計画そのものをさらけ出すわけにはいかないでしょうが軍用地主の理解と協力がえられるような妙案はないものかと。たとえばですね……」

ドアをノックする音がしてコーヒーの香りが部屋を包んだ。島袋は一瞬、コーヒーの香りを追った。真栄里はそのすきでも突くかのように島袋のことばを遮った。

「論議を元に戻さないでくれ」

メモを取っていた大城律子がペンを置き言った。

「確認をしておきますがクロマグロ養殖計画にはこちら側からの案というものは一切ありません。ただ返してくれと言うだけです。こちら側から何らかの案を提示することは政府側につけいるすきを与えることになります。私たち調査研究室がこれまで討議してきたことは沖縄が復帰をはじめとする何度かの変革のとき、なぜ取り込まれていったのかです。明らかになったのは、ある案について政府側の譲歩を引き出すことで大多数の県民が満足し、あたかも勝利したかのような錯覚に陥ったことです。これは勝利ではなく取り込まれたのです。この点を調査研究室では確認しました」

早口で一気に喋った大城はひと呼吸して語りかけるような口調になった。

「問題は、崎山さんの言われたとおり知事の信念だと思っています。復帰から歴代の知事は数多くのカードを切ってきました。いま残されたカードは嘉手納基地の一枚だけで、それを切るのです」

豊平はたばこの火を灰皿に強く押しつけもみ消した。一人ひとりに視線を送って言った。

「もともとクロマグロ養殖計画は知事の発案だ。計画を実行するかどうかはクロマグロの発見にかかっていた。クロマグロが見つかったことでカードを切る、それだけのことだ。問題は荒唐無稽といわれ非難されるであろうこの計画を、われわれがシナリオどおりに推し進めることができるのか。知事の不安はそこにある」

豊平は再び皆を見渡し言った。

「それでは状況分析に入る。崎山君からはじめてくれ」

崎山がノート型のパソコンを開こうとしたとき豊平は言った。

「パソコンはやめてくれ。クロマグロ養殖計画に関するこれまでのデータのすべてをコンピュータから消去する。メモを取るのはかまわないがメモも会議後は破棄してほしい。これからは頭だけが頼りだ」

崎山はあ然とした表情で皆を見た。

皆も開きかけたパソコンを閉じた。

「記録を残さないということですか」と崎山はきいた。

「そういうこと。コンピュータは危険だ。データは頭に保管するのがいちばん安全だ。どの程度保管できるかどうかは別問題として」

崎山は不満そうな顔つきをしたが報告をはじめた。

「クロマグロ養殖計画にとって最大の障害は日本国防軍です。米空軍に代わり日本空軍が嘉手納に移駐すればこの計画が実行不可能となるのは明らかです。現時点で日本国防軍にそのような動きはなく、知事の記者会見が午後三時ですから情報は漏れてないと確信しています。沖縄に対する日本国防軍の動きとしては海上へリポートの米軍との共同使用をもくろんでいて、国防軍の戦闘ヘリが数回、海上へリポートで確認されています。これらの情報はインターネットの世界軍事研究ネットや民間の軍事監視団体などを通して収集したもので信憑性はかなり高いものです」

豊平がきいた。

「計画の発表後、日本国防軍は動くと？」

「動くとは考えにくいです。嘉手納はアジア戦略のキーストーンです。そこが日本国防軍の基地になるとなれば、中国や韓国、フィリピンなど近隣のアジア諸国をはじめ東南アジア諸国の反発をまねくのは間違いないわけでして。自衛隊が日本国防軍と改称したことで反戦運動には有利に作用していますし、県民も自衛隊と日本国防軍とでは中身が違うという認識です。もし日本国防軍が動けば、徹底して旧日本軍のイメージとダブらせ世論を喚起します。きびしい戦いにはなりますが」

「戦いにならないのでは？　復帰のときの自衛隊配備反対運動を分析したかね」

「自衛隊員の住民登録阻止やその子弟の入学阻止、さらに隊員の成人式への参加阻止など阻止行動のパターンと構成団体、およびその動員数、自衛隊側の対応などすべてをコンピュータに入力してあります」

「それで戦えると？」

「県民だけでは情勢は不利です。しかしアジア諸国に日本の軍事大国化への危機感をあおれば押さえ込むことは可能かと」

「データを消去する前にさらに検討を重ね、より具体的な阻止戦略を立てないといけないと思うが。いずれにせよ日本国防軍の動きには細心の注意が必要だ」

皆、真剣にメモを取っている。

「日本政府の動向は？」

「まったく気づいていません。政府は沖縄のことは十分にやったという認識で一致しています。普天間飛行場をはじめ那覇軍港の移設、牧港補給基地、北部訓練場の一部返還を実現させてやり沖縄の振興策へは椀飯振舞をやったということでとうぶん沖縄は放っておいても大丈夫だと高を括っています」

豊平は笑いながら言った。

「それは何よりだ」

皆もはじめて微笑んだ。

出入口のドア近くに座っていた平良麻美がここぞとばかりにすっと立ち上がって言った。

「室長も朝食はまだのようですし、何か口にできるものを取りませんか」

平良の真向かいに座った大山美紀がすかさず口を挟んだ。

「麻美さん、ふとるわよ。ここにくる前にサンドイッチを食べたじゃない」

「緊張するとなぜかおなかがすくんです」

「あら、おかしいわね。この前は何でしたか、興奮ではなく、不安でもなく……」

島袋和博がにこっとして言った。

「美紀さん、あのときは『安心するとなぜかおなかがすく』と言ってました」

「そうだ。和博さんもいたわよね。そうすると麻美さんは食べてばかりいるんだ」

平良麻美はすこし怒ったような表情を見せたがすぐに笑みを浮かべてこたえた。

「会議を終えてからにしましょうか。食事を取ると気が緩んでしまうし」

豊平も空腹感にあった。漁業調査船『翔洋丸』からの連絡を待つ間は、食事らしい食事は口にしてなかった。

豊平は会議口調で言った。

「麻美は皆のことを思って朝食を提案した。私も何か食べたいと思っていたのだが麻美は提案を取り下げ会議を終わらせてからにしたいと申し出た。そのとおりにする。では麻美の報告を聞こう」

立っていた平良麻美は苦笑いしながら腰を下ろし「会議を再開します」と言って報告をはじめた。

「沖縄県庁内に変化はみられません。幹部職員のなかには黒潮海流調査研究室をいぶかしむ節はありますが計画実行に支障をきたすとは思えません。問題は知事の記者会見のあとです。県庁には中央省庁から出向してきた幹部職員が八人います。徹底して調査するでしょう。当初は基地対策のプロジェクトチームに目がいくでしょうが何もないとわかればこちらです」

「で、こちら側の対策は？」

「まずすべてのデータをこのディスクに収め、室長が先ほど言われたとおりデータを消去します。連絡を取り合うときは海外を除いて口頭で行います。特に庁舎内での電話使用は禁止にしたいと考えています。厳守すべき事項ですが、いかなる人物であっても接触した場合には報告することとします」

「これまでに報告に値する接触はあるのか」

「副知事の謝花彰一が調査研究室の仕事内容をきいたということです。接触したのは仲宗根さんで廊下で立ち話をしたようです」

「智明、話しかけられたのかね」

仲宗根智明はすっと立ち上がって言った。

「一面識もなかったのですが廊下で呼び止められました」

「名前を呼んでかね」

「そうです。姓だけでしたが」

「何をきいてきた」

「正確ではありませんが『黒潮海流調査研究室は何をしているのかね』というようにきいてきました。それで『海流の温度を調べ、回遊する魚のコース変化を研究しています』とこたえました」

「それで何と」

「何でしたかね。『沖縄にとって漁業は重要な産業で……、頑張ってくれ』というニュアンスでした」

豊平は机に置いた手帳を広げ何か書き込んだあと言った。

「麻美、謝花副知事に変わった様子はないか」

平良麻美はその問いを待っていたかのように張りのある声でこたえた。

「県庁幹部のなかで私たちのチームをいぶかしんでいるのは副知事の謝花です。すでにメンバー全員の履歴には目を通しています。しかし計画は察知されていません」

「夜はどうだね」

「飲むコースは相変わらずですが相手が違います。野党県議との接触が目立ってきています。議会対策だけとは思えません。次を狙ってのことではないかと」

「誰だね」

「日本自由民主連合沖縄の会長である比嘉良兼です。佐藤政権とも強力なパイプを持っています。比嘉を通して佐藤政権への接近を謀っているようです」

豊平は平良に笑みを送り、頭を縦に振って報告の終わりを告げた。

「それでは太平から簡単な報告を受けたあとスケジュールを検討して終わることにする」

真栄里太平はノートをめくりながら報告した。

「尖閣諸島での調査は約一年でした。調査の延べ日数は八十日。この間、中国や台湾など外国船籍との接触はありません。すでに同海域での海底油田などの資源調査は日本側や中国側も終えていて開発に値する資源はないという報告がなされました。結果的にはこちらの調査にとって好都合でトラブルなく調査を終えました。以上です」

「では大城君からスケジュールを提示してもらう」

大城律子は配ったコピーを見るように言った。そのコピーは何本かの横の棒グラフを細かく刻んだだけのものだった。

「自分がわかればいいのですから私が言う日程を自分流に書き込んでください。ただし姓名などを書かないように。ではじめます」

豊平は棒グラフの頭にA、B、C、D、E、と書いた。

「まず知事の日程です。きょうの午前中に張作良会長の表敬を受けた後、正午すぎに臨時の庁議を開きそこでクロマグロ養殖計画を明らかにします。当然ながら庁議はパニックに陥ることでしょう」

大城は皆を見渡した。

「庁議でははげしいやり取りが予想されますが知事は強行突破します。このあと午後三時から記者会見に臨みます」

豊平はAの棒グラフのひと節をマークシート方式のようにボールペンで黒く塗りつ

ぶした。

「きょう中に日本政府から知事と佐藤総理との会談申し入れがあるでしょう。知事は一週間後には中国に出張します。中国での伝統芸能交流団公演の団長としてです。首脳会談はその前になるでしょう」

豊平は七つの節をあけ三つ目の節にマークした。

「それでこちら側の日程ですが真栄里さんがあす中国に向かいます。あさっては崎山さんが東京に向かいます。大山さんのワシントン行きは知事と佐藤総理の会談後になります」

大山美紀も七つの節を空白にし三つ目の節を黒く塗りつぶした。

「仲宗根さんと島袋さんは日程に関係なくこれまで通りの仕事を続けてください」

仲宗根智明と島袋和博は互いの顔を見合わせた。

「調査研究室に残るのは室長と私、それに平良さんです。以上で会議を終えたいと思いますが室長なにか?」

豊平はボールペンを置き、語りかけるようにして言った。

「事態の進展によっては知事が不可解な行動をとることもありえる。それは、先を読んでのことと理解してほしい。こちらにはクロマグロがある。絶対に勝てる」

豊平は平良麻美を見て言った。

「お待たせしました。食事ですよ」

第三章　即時無条件全面返還

沖縄県知事の東恩納寛英は声を出して笑っていた。一メートル六十センチにも満たない背丈のうえにやせていて知事の風格とはまったくそぐわないからだつきをしている。そのうえ頭ははげ上がり、頬はこけ目はくぼみ精悍な顔だちと言えなくもないが一見すると貧相である。ことしで満五十八になるが一面識で年齢を当てた者はいない。東恩納は見上げるようにして一人ひとりと握手をかわしながらソファーに腰かけるようながした。

何社かの記者がカメラを向けていた。

「張作良会長は沖縄へは三度目になりますかね」

知事の左脇に腰かけた通訳の女性が知事の目線の相手に小さな声で語りかける。相手は大きくうなずき、応接室いっぱいに響く張りのある声でながながとしゃべった。通訳が取材記者を意識してやや大きな声で言う。

「そうです。一度目は沖縄が復帰する前の一九七〇年で北京市芸能家協会の職員として沖縄を訪れました。そのとき知事は北京大学での二年間の留学を終えたばかりで私たちの通訳を務めてくれました。二度目は十年前で中国物産展のときです」

東恩納は満面に笑みをたたえうなずく。

「今回、沖縄の伝統芸能団がわが北京市をはじめ上海、福州、香港で公演していただくことは大変よろこばしいことで、今後の沖縄と中国との友好関係をゆるぎないものとするでしょう」

東恩納がこたえる。

「張会長は北京市芸能家協会にあって沖縄通で知られ沖縄の民俗芸能にお詳しい。それだけに張会長のお目にとまる芸が披露できるかどうか不安ですが、北京市民に楽しんでいただけるよう精一杯やらせてもらいます。私も伝統芸能交流団を率いて北京を訪れることができそうで古い友人に会えると思うといまから待ち遠しいです」

通訳の間、東恩納は応接室出入口の扉近くに目をやった。そこには、取材記者にまじって豊平要が立っていた。

豊平は視線を合わせ応接室を出た。

また北京語が室内に響き、そのあとに通訳が続いた。

「北京市は東恩納知事を団長とする沖縄伝統芸能交流団をこころから歓迎いたします。一週間後の再会を楽しみにしています」

東恩納は手を差し延べ握手をかわし北京語で話した。記者の一人はすぐに通訳を求めたが東恩納は通訳を制し言った。

「個人的なことですよ。北京の友人の消息をきいただけです。元気でいるようなので会える手はずを頼みました」

東恩納は立ち上がり出入口で見送った。

東恩納は取材を終えた記者たちが立ち去ったあと女性秘書に言った。

「このあとの表敬は秘書室長か担当課長にまわしてください。くれぐれも失礼のない応対をお願いします。それと豊平君にくるようにと」

執務室に戻った東恩納は壁にかけた二メートル四方もの沖縄県全島地図を見上げ本島のほぼ中央にある嘉手納飛行場と嘉手納弾薬庫を凝視した。

机に戻った東恩納は決裁書類のいくつかに目を通し判を押していった。

東恩納は知事に就任して最も苦痛に感じる執務の一つは押印だった。

ノックの音がして「失礼します」と豊平が姿をみせた。

東恩納はソファーに座るよう左手を振った。そしてゆっくりと腰を上げて言った。

「判を押すのも疲れるものです」

豊平は目で笑った。

東恩納は豊平の真向かいのソファーに腰を下ろし豊平を見据えた。その眼光は心を射貫くとまでいわれ、職員は目を合わせるのを嫌がった。

「勝てますか」

豊平は眼光をそらすことなく言った。

「勝てます」

「すぐに庁議を開きましょう。出張中の部長がいたら代理でかまいません」

「確認しておきますがクロマグロ養殖計画には退くというシナリオはありません」

「私はワンペアーをツーペアーにしたいとか、スリーカードにしたいと思ってカードを切るのではありません。ロイヤルストレートフラッシュができると信じて一枚のカードを切ります。切ったらロイヤルストレートフラッシュかゼロしかないのです」

豊平は大きくうなずいて言った。

「やりましょう」

東恩納は秘書を呼びただちに臨時の庁議を開くことを伝えた。秘書は戸惑った表情をみせたがすばやく動いた。

東恩納は豊平に沖縄県全島地図を見るようにうながし言った。

「米軍はどこから上陸したかわかるかね」

豊平は振り向くようにして壁の地図に目をやり北谷町と記された位置を指さした。

「米軍が沖縄県民の側に立って守備軍となり日本国防軍が沖縄を攻めおとそうとしたらやはり北谷に？」

「そうでしょう。北谷から上陸してすぐに嘉手納飛行場を制圧するのではないですか」

「近代戦でもそうなると？」

「そうだと思います。破壊するだけであれば近代兵器でもいいのですがある地域を攻めおとして制圧するとなると近代戦でも兵に頼るしかないのでは」

「最悪のシナリオは一九四五年の沖縄戦とはまったく逆の地上戦が起こるかもしれないということだ」

「日米安保を根底から揺るがす問題を提起するわけです。そうなるかもしれません。しかしいまならそうはならないと確信しています。時機を逸して日米中の関係が険悪な事態だとどんな展開になるか予想もできません。いまだからやれるのです」

「私もそう思います。それに私たちにはクロマグロがあります」

東恩納はソファーから腰を上げ豊平に手を差し延べた。豊平も立ちその手をしっかりと握り言った。

「私が矢面に立つことはないでしょう。知事は常に危険にさらされます。身の安全には細心の注意を払っていただきたいと思います」

東恩納は「心配はいりません」と言い豊平の手をほどいた。そのとき「失礼します」と秘書が入ってきて副知事ら庁議のメンバーがそろったことを告げた。

東恩納は「行きますか」と豊平に声をかけたが豊平は庁議のメンバーではなかった。

豊平は「うまく乗り切ってください。収拾はつかないでしょうが最後は混乱のうちに強行突破というシナリオです」と言い報告書を手渡した。

東恩納は報告書を受け取ると豊平に笑顔を見せて執務室から応接室を抜けて会議室に入った。

円卓になった会議室には代理を含め全員が顔をそろえていた。東恩納が中央の席につくとざわつきがおさまった。

東恩納は笑顔をつくり「急に集まってもらい申し訳ない。きょうは私がいま考えていることについて皆さんの意見をききたいと思っています」と言った。

会議室がざわつき「そんなことで…」との声がもれた。

東恩納は「私が考えていることは唐突で現実とかけ離れ無謀だと指摘されることはわかっています」と言い続けた。

「嘉手納飛行場と嘉手納弾薬庫の即時無条件全面返還を日本政府に申し入れようと思います」

一瞬、会議室に沈黙が走った。物音ひとつしなかった。東恩納が口をひらかなければいつまでも続くような沈黙だった。

「フリートークでいきましょう。発言を記録することもありません。率直な意見をきいてみたいのですが」

興奮ぎみに最初に声を発したのは米軍基地整理縮小統括部長だった。

「なにを根拠にして即時無条件全面返還という要求を政府に突きつけられるのですか」

東恩納はこたえなかった。

米軍基地整理縮小統括部長は間をおいてさらに強い口調になった。

「二〇一五年のスパンで手順を踏んで作業を進めているわけです。普天間、那覇軍港、牧港補給基地、北部演習場が返還になり政府も安保の制約のなかで精一杯の努力を続けています。沖縄の振興にも特段の配慮がありました。県と政府の信頼関係を崩すのは得策とは思えません」

会議室がまた静まりかえった。

東恩納は「こちらから指名をして意見をきくことにしましょうか」と言った。

「その前に確認しておきたいことがあります」

振興政策部長が切りだした。

「知事が意見を求められているのは即時無条件全面返還という要求を出したらどうなるかという想定での意見聴取と理解してかまいませんね」

全員が東恩納を見た。

東恩納は黙っていた。

振興政策部長は続けた。

「即時無条件全面返還とはいかにも古めかしい。復帰運動のとき県民要求として盛んに使われ何一つ実を結ばなかった。政府はそんなに甘くないしノーと言われればそれだけのことです。県民にも即時無条件全面返還を勝ち取るだけのエネルギーはないと思われますし、知事自らが言われたとおり唐突で現実離れしていて無謀だと言わざるをえませんが」

室内の温度調整が作動したのか、風を送る音が会議室を包んだ。

平和推進局長の石嶺拓海が手を上げて言った。東恩納のブレーンの一人とみられている女性だった。

「私は即時無条件全面返還を要求する根拠の問題だと理解しています。日米関係が現在のように良好で安保が半永久的に継続していくという認識に立てば嘉手納も半永久的に返りません。そうであるならいますぐ返してくれと言っておくべきです。この要求は平時だけに通用し有事には声を上げることもできないでしょう。このようなことを根拠とするなら要求は荒唐無稽とはいえません」

米軍基地整理縮小統括部長が間髪を入れずきいた。

「するとわれわれが推し進めているプログラムにはジ・エンドはないということかね。基地はなくせないと」

石嶺は言った。

「部長には申しわけありませんが部の名称どおり整理縮小にとどまります。普天間の移設だってあれだけの海上攻撃基地をつくれば機能的には普天間を上回る基地です。

嘉手納も米軍が撤退したとしても日本国防軍が移駐するでしょう」

「それではきくが即時無条件全面返還なら基地撤去が可能なのかね」

「可能だとは言っていません。根拠さえしっかり持てば現状に流されるより即時無条件全面返還の方が戦いやすいと考えているだけです」

「どこと戦うというのだ」

石嶺は一瞬、ことばに詰まったが意を決して言った。

「日本政府とです」

米軍基地整理縮小統括部長は怒りの表情をみせ、副知事の謝花の方に視線を送った。謝花は黙っていた。

東恩納は石嶺にきいた。

「政府と戦って勝てますか?」

石嶺は「現状では勝てません」とこたえたあと東恩納を見据えて言った。

「忌まわしいことで思い出すたびにこころが痛むのですが、一九九五年のあの出来事のようなことが起こらないとだめなのです。犠牲という風が吹き、雨のごとく降る憤怒の涙がないと…」

石嶺は続けた。

「普天間は少女の犠牲のうえで返りました。嘉手納が返るのにどれほどの犠牲が必要なのかはわかりません。全県民かもしれません」

石嶺はさらに続けた。

「風が吹き雨が降っているのなら私でも戦えます。知事はかげろうが立つ強い日差しのもとで戦おうとしています。基地を平和の風景になかに溶け込ませてしまうかげろうのもとで」

振興政策部長は皮肉まじりに言った。

「すばらしい意見であなたのあとにどう続けたらいいのかことばさえみつからない。だがつたない言い方をすればあなたは県民が何もできないと言っているだけだし知事をけしかけている」

東恩納は無益な論議に発展するのを感じ取ったのですぐに経済企画部長に意見を求めた。たぶん基地経済のことを言い出すに決まっている。経済企画部長は待ってましたとばかりにきりだした。

「基地経済にお詳しい知事にこのようなことを申し上げるのは失礼かと思いましたが」

経済企画部長はひと呼吸置いた。

「嘉手納飛行場と嘉手納弾薬庫の即時無条件全面返還は基地経済をまったく無視した無謀な計画であります。米軍基地の整理縮小が進んでいるとはいえ本県ではいまだ軍用地料をはじめとする基地がもたらす収入は二千億円を超え県経済の一翼を担っています。それに基地の整理縮小が声高に叫ばれるなかで常に問題とされてきたのは跡利用の問題でありました。軍用地主の多くは基地の整理縮小に反対を唱えているのではなく具体的な跡利用計画が伴わない返還に異を唱えているのであります」

東恩納の思惑通りであった。

「嘉手納飛行場と嘉手納弾薬庫の返還、それも即時無条件全面となりますとより詳細かつ具体的な跡利用計画を提示しなければなりません。現在進められている国際都市構想のもとでのゾーニングだけで軍用地主に理解を求めようとしても無理であります。それに国際都市構想は遅々として進まず一つひとつを例に挙げますと……」

経済企画部長がノートに目をやったとき東恩納は言った。

「各部長、局長とも国際都市構想の現状はわかっているでしょう。関連する部局長だけでなくほかからの意見もほしいのですが情報局長はどんな意見をおもちですか」

指名された情報局長の小田橋章夫は中央省庁の統廃合によって誕生したばかりの宇宙開発庁から出向していた。

「何とおこたえしたらいいのか正直言って頭が混乱しています。私が出席してもいい会議だったのか、意見を言うべきなのか、整理できていません。ただおどろかされたのは沖縄の将来を左右するような重大な問題を何の事前調整もなくフリートークで行うこと自体に信じがたい思いをしています」

東恩納は率直な感想でもいいからきかせてほしいと言った。

小田橋は戸惑っていたが遠慮がちに言った。

「赴任する前、多少は沖縄のことを勉強してきました。でも私はコンピュータをいじくる技術屋でして基地問題について十分な知識を持ち合わせていません。それだけに誤解を生じるような発言はひかえたいのですが、率直に言って即時無条件全面返還にはおどろきました。政府内も大混乱をきたし政権を揺るがしかねない問題に発展するでしょうね」

風を送る音が室内を包む。

振興政策部長がきいた。

「立場上、発言には慎重にならざるをえないとは思いますが政府はどのような対応をみせるのでしょうか。即時無条件全面返還にまったく耳をかさないのか、それとも柔軟な姿勢で臨むのか」

小田橋は困った表情をみせた。そして個人的意見と断ったあと言った。

「突っぱねるということはないでしょう。これまでのようにたやすく話にのるということもありません。政府の台所は火の車ですし金を積むわけにもいかない。知事だって金は受け取らないでしょう。この問題は代案や譲歩で解決をみるとは思えません。それを承知のうえで知事が即時無条件全面返還を要求するのですからそれなりの戦略と覚悟があってのことだと思いますが」

　小田橋は東恩納に目をやった。

　東恩納は笑みを浮かべて言った。

「様々な意見を出してもらいましたがやはり皆さんはどうしていま嘉手納の即時無条件全面返還を持ち出したかということに疑問を感じておられるようです。当然でしょう」

　東恩納はひと呼吸おいた。

「私の頭は単純な思考回路しか持ち合わせていませんでして日本政府に対し『返してほしい』と言ってみようと思っただけのことです。もちろん米軍基地の整理縮小については歴代の知事をはじめとする全県民があらゆる状況下で最良の選択をして取り組み現在にいたっているわけで『返してれ』と言わなくてもわかっていることだと言われるでしょう。ですがこと嘉手納についてはそうはいかないのです」

　東恩納は少し間を取った。自分自身取り留めもないことを言いだしそうになっていたからだ。

「県民のなかにも嘉手納は永久的に返らないものだと理解している節があります。それは日米の巨大な国家を描いたうえでものを考えるからです。私は違います。単純だから『返してくれ』とだけ言い続けます」

経済企画部長が首をひねって言った。

「知事が言われる『返してくれ』は理解できますが、なぜ即時無条件全面返還に結びつくのですか?」

東恩納は声のトーンを少しだけ上げて言った。

「嘉手納だからです」

経済企画部長は「嘉手納だから無謀に思えるのだが」とつぶやき、また首をひねった。

東恩納はここで会議を打ち切るべきだと直感、タイミングよく言った。

「皆さんは業務などに追われ忙しい身でしょうからこのへんで閉じましょう」

皆、あっけにとられた表情をみせた。誰も席を立とうとはしなかった。

「何のために庁議を開かれたのか理解しかねています」と高齢化社会対策部長が言った。さらに「極めて重要な問題なので再度、時間を十分に取ったうえで話し合ってみたいのですが」と続けた。

東恩納は席を立ち言った。

「私たちは基地のない社会を描いてきました。整理縮小ではだめなんです」

米軍基地整理縮小統括部長が言った。

「即時無条件全面返還を決めておられるのですか?」

「そうします」

「パニックになりますよ」

「どちらがですか?」

米軍基地整理縮小統括部長はこたえなかった。

「パニックになるのは日米両政府だと思いますが」

東恩納は副知事の謝花彰一に「ちょっと」と声をかけ執務室に向かった。皆も席を立ち出入口に向かったが米軍基地整理縮小統括部長は謝花に近づき言った。

「知事の発案には賛成しかねます。どう考えても政府に勝てるわけはありません。法的問題もクリアできませんよ。収拾がつかなくなります」

謝花は黙ったまま知事執務室に向かった。

東恩納はソファーに腰をおとし待っていた。

謝花は東恩納の向かいに座った。

東恩納は「何の相談もせずに申し訳ない」と言った。

謝花はきびしい顔つきをみせた。

「あなたは法律にくわしい。この問題で法的論議をすると乗り越えられない壁にぶちあたります。最終的にはすべてが無駄なことのように思え、返ってくるのを待つことで事はおさまる。私は法的な問題であるとか経済的側面なんて話はしたくなかったのです。そんな話は大百科事典ができるほどしてきたはずです。やるしかないと思いました」

「そうお考えになったとしても一言はあってほしかったと思います。知事が決意されたことに否定的な意見を挙げつらね、反対する気などありません。私が心配するのは、この問題をやりそこねると知事の政治生命が絶たれることになるということです」

「それは覚悟のうえです。それでその後を相談したかった」

謝花はことばを待ったが意を介し言った。

「だめです。知事の決意はわかりますがそこまで頭をめぐらせてもらっては困ります」

東恩納はにこっと笑って言った。

「跡を継ぐ人なんていないでしょうね。私の後始末は大変だし」

謝花は「お考えを変えるつもりは？」ときいた。

「即時無条件全面返還だからおもしろい。これから二文字や三文字を抜くとインパクトもないしこちら側の決意が伝わらないのではないですか」

「知事は復帰のときにこだわってはいませんか。あの即時無条件全面返還に」

「私たちは一生懸命、戦った。結果的には返還という二文字に終わりましたが、あの要求があったからこそ戦えたと思っています」

「嘉手納の場合、即時はわかります。全面も理解しています。だが無条件がわかりません。復帰では『核つき』や『基地の自由使用』の条件つきに対して無条件を要求しました。嘉手納の無条件というのは何を意味しますか」

「同じことです」

「核があると？」

「ずっと、そう思い続けていますよ。弾薬庫に」

「確証をつかめるといいんですが」

東恩納は謝花を見据えて言った。

「きょうの午後三時に記者会見を予定しています。そこで明らかにします。協力をお願いしたい。どのような結果となっても次はあなたです」

謝花は手を差し延べた。

東恩納はしっかりと握り言った。

「日本自由民主連合沖縄の比嘉良兼を頼む」

謝花はとっさに手をほどこうとしたが東恩納は逆に強く握り鋭い視線を送った。

謝花はうわずった声できいた。

「どういうことですか」

「戦う相手は日本政府です。県内から足並みを乱す行動が起こったのでは……」

「やってみましょう」

東恩納は手をほどき言った。

「三時の記者会見に同席をお願いしたい」

謝花はうなずいた。

第四章　首相官邸

　外国大使館の大使らを招いての首相官邸での昼食会はほぼ終わりかけていた。ホストを務める首相の佐藤慎太郎は愛嬌を振りまきながら一人ひとりと握手をかわし見送っていた。最後の大使夫妻が『迎賓の間』を出たとき秘書が佐藤に「野村局長から電話が入っています」と伝えた。

　佐藤はゆっくりした足取りで執務室に入り、机の上に三つ並んだ電話機のうち真ん中の黒電話の受話器を取った。

「面倒なことが起こりそうです」と相手は言った。

　国家安全情報局長の野村正義だった。

「起こりそうであったら起こさないようにするのが君の仕事ではないのかね」

「私のレベルで取り扱える問題ではありません。総理に動いてもらわないと」

「それはそれは大変なことが起こったようだね」

「先ほど二時前でした。正確には一時五十五分ですが沖縄から電子メールが入りました。読み上げます」

　佐藤は「ちょっと待ってくれ」と言い受話器を耳元から放し秘書を呼んだ。「このあとの日程を少しずらしてくれ。三十分でいい」と指示し受話器を耳にあてた。

「はじめてくれ」

「読みます。『沖マル特』について」

「沖マル特とは何だね。君たちの用語は使わないでくれ」

「わかりました。『沖マル特』とは沖縄県知事に関する情報です。読みます」

『沖縄県知事の東恩納寛英は本日午後三時から県庁内で記者会見を開き米空軍基地の嘉手納飛行場と同弾薬庫の即時無条件全面返還を明らかにする。当然のごとく嘉手納飛行場と同弾薬庫の即時無条件全面返還は日本政府に向けられたものである。沖縄県知事の東恩納寛英は本日午前十時に臨時の庁議を招集、嘉手納飛行場と同弾薬庫の即時無条件全面返還について協議した。席上、即時無条件全面返還に明確に反対の立場を取ったのは米軍基地整理縮小統括部長、振興政策部長、経済企画部長であった。同調者は平和推進局長一人である。沖縄県副知事の謝花彰一の動向は不明であるが、注目に値する』。以上となっています」

佐藤は自分が立っていることさえ忘れていた。相手が話しおえると気づいたようにいすに腰かけ強い口調で言った。

「君たちはきょうまで何をしていたんだね。それも二時に報告とは恐れ入ったものだ。内調を格上げして国家安全情報局とはしたもののこの程度の情報収集では国家の安全は守れんよ。すぐに来てくれ」

佐藤はこの問題をしくじると命取りになると直感した。これまでの沖縄政策は嘉手納に言及させないための戦略として進めてきた。それが即時無条件全面返還ときた。秘書を呼んだ。国防、国務の両事務次官と軍縮局長にすぐに来るようにと伝えた。佐藤は東恩納に電話をするかどうかで迷った。記者会見の時間は迫っている。会見を思い止まらせるだけの材料が見つからない。軍縮局の内部資料では嘉手納を動かすには期間は最低で十年、経費は十兆円を下らないとされていた。施設を一つ潰すしかないとも考えたが、残った主要施設はキャンプ・瑞慶覧とキャンプ・ハンセンしかなく嘉手納に替わりうるものではないと思った。

「先手を打ったつもりでいやがる」とつぶやいたとき国家安全情報局長の野村正義が執務室に入ってきた。野村は「申し訳ありません」と頭を下げた。そのとき国務省と国防省の両事務次官が姿をみせ軍縮局長の畠山一郎があとに続いていた。

三人は野村の頭を下げるのを見て顔をこわばらせた。

佐藤はいすを立ち三人に向かってはげしい口調で言った。

「君たちのところには何の報告も入ってないのかね。言っておくが沖縄問題でこれ以上、面倒をかけないでくれ。君たちだって事務引き継ぎには『沖縄には細心の注意を払え』と言われただろう。私だって政権を引き継ぐときは沖縄を言われた。二度とへまはするな」

佐藤は机を離れソファーに腰を下ろし四人を手招きした。四人が腰を下ろすと佐藤はトーンをおとし言った。

「野村君から遅い報告を受けた。沖縄の東恩納が嘉手納の即時無条件全面返還をぶちあげるそうだ。きょうの午後三時の記者会見でだ。思い止まらせる案があるかね」

野村を除く三人はことの重大さに顔が青ざめていた。

野村が言った。

「まずは知事に電話を入れ事実関係を確認されたほうがよろしいかと」

「こちらの狼狽ぶりをみせるのかね」

「そうではありませんが真意がつかめるかもしれませんし」

「電話を入れるにしても毅然として話せる内容でないと逆につけこまれる」

国防事務次官が言った。

「ここは無視です。どう考えたって返すか返さないかはこちらに主導権があります。即時無条件全面返還をぶちあげて予算でも分捕るつもりでしょう」

佐藤は間をおいて言った。

「そんなことで即時無条件全面返還をぶちあげると思うかね。金ではないんだ」

軍縮局長の畠山が言った。

「私も金ではないと思います。九五年から九六年にかけての沖縄問題の再燃を狙い、何かを意図しているはずです。しくじると政権の命取りになります」

佐藤は首をひねって言った。

「九五年から九六年にかけての沖縄問題の沸騰には根拠があった。確か暴行事件が起こって県民が総決起した。そのあとが知事の代理署名拒否で県民投票もあって知事の署名で幕だった。それがいきなり即時無条件全面返還だ。おかしい」

皆、黙っていた。

野村は腕時計を見て言った。

「三時の会見まで十五分しかありません。東恩納に『すべておみとおしだ』と言ってやりましょう」

佐藤は立ち上がり受話器の一つを取り「沖縄県庁の東恩納知事につないでくれ」と言った。すぐに「おつなぎしましたのでお話下さい」との声が返ってきた。

佐藤はソファーの四人に笑顔をつくってみせ口もとに受話器を寄せた。

「もしもし佐藤です。お久しぶりで」

東恩納もソファーに腰を下ろした豊平要に笑顔をつくっていた。

「本当にお久しぶりです。総理から直接、電話をいただくとは恐れ入ります。沖縄県に重大なことでも起きましたか」

「三時から会見を予定されているそうで長い電話ではお困りでしょう」

「お気遣いにはおよびません。二年ちかくになりますかね。政府にご支援いただいて本県がデジタルアイランドとなり、その竣工式でのテレビ会議以来ですから」

「そんなになりますか。沖縄のことが頭から離れないせいか二年も経つとは思えません。お会いしたいものです」

「総理の執務室にはもちろんテレビ電話は設置されていますでしょう。私のところにもあります。これもデジタルアイランドのおかげでして。どうですテレビ電話で」

「ああいうものはうれしいときやたのしいときに使うものです。遠く離れた恋人同士が互いの顔を見つめ合って愛を確認するとかね。私たちのように苦虫をかみつぶしたような顔が見つめ合うとなると滑稽このうえない。電話にかぎります」

「それはそうですね。見たくもない相手ならテレビ電話は困りますね。それに表情を読まれてしまうことにもなりますし」

「私は感情がすぐに面にでるといわれますから、きょうなどはテレビ電話だと知事にすぐ読まれたことでしょう。で三時の会見ですが予定通りということですか」

　佐藤は間を取った。

「政府としても沖縄のことは精一杯やっているつもりです。国際都市構想についても関連施設を一つひとつ整備して着実に実現に向けた後押しをしています。県民も政府に対し信頼を寄せ、その信頼のもとであらゆる沖縄政策を進めているわけでして信頼関係を損ねることがあってはならないと思うのです」

東恩納も間を取った。

「総理のお考えはありがたく拝聴させていただきます。近くお目にかかってお話しできれば幸いに思います」

佐藤は強い口調になった。

「知事、日本国民と沖縄県民との信頼関係を揺るぎないものにしていこうではありませんか。関係を損ねるような行為はつつしむべきです。それでは」

受話器を置いた佐藤は怒りをあらわにした。ソファーの四人に視線を向けことばをはき捨てた。

「こちらが何をしたというのだ」

四人は佐藤の怒りに圧倒された。

「やれることは精一杯やっている。それもわからずにやって当然といわんばかりだ。甘えるのもいい加減にしてもらいたいものだ」

佐藤はいらだちを抑えきれないでいた。ソファーの周りを行ったり来たりして、いまにもソファーを蹴飛ばしそうだった。国防事務次官はなだめるようして言った。

「何もできはしませんよ」

佐藤は国防事務次官をにらんで言った。

「わかってないな。できる、できないではないんだよ。なぜこの私の政権のときに言いだしたかだ。連立なのでなめられているのか、それとも私だったら嘉手納を返してくれるだけの力があると認めてのどちらかだよ。君たちはどう思っているんだ」

野村が言った
「総理、そうではありません。さきほども言いましたが即時無条件全面返還には大きな意図が隠されています。即時無条件全面返還は目的ではなく何かを実現させるための手段として使っているのです」

国務事務次官はうなずきながら言った。

「私も野村さんと同じように考えています。東恩納も嘉手納が即時無条件でそれも全面で返ってくるなんて夢のまた夢としか思っていません。それなのに即時無条件全面返還を口にした」

佐藤はソファーに座って黙ってしまった。酔いからさめたかのような表情になっていた。軍縮局長の畠山は説明口調で言った。

「基地機能、面積からしても嘉手納飛行場と嘉手納弾薬庫に替わる施設は国内にありません。それだけに普天間基地のように代替施設というわけにはいかないのです。それを承知のうえで沖縄県側は嘉手納の即時無条件全面返還を要求した。最後のカードを切ったのです。沖縄県にとって切ったカードに値すること、それは何ですか」

佐藤はつぶやいた。

「独立」

またつぶやいた。

「独立して基地をなくす」

野村は言った。

「総理、東恩納に譲歩するとして返還の頭から即時や無条件、全面の文字を取り除く。それで交渉は可能ですか」

佐藤は「独立」の二文字が頭のなかを駆けめぐっていた。野村の言ったことがよく耳に入ってなかった。「なに」とききかえした。

「返還を前提に即時や無条件、全面の文字を取り除く。それで交渉は可能ですか」

「返還の頭につけた文字はつけたしにすぎない。前提がないんだよ。返還なんてありえるわけがないだろう。なにをくだらんことを」

野村は考え込んで言った。

「返さないとなると全面対立になる。相手の旗は『即時無条件全面返還』から『独立』にかわり戦争になる」

畠山は言った。

「平和のために基地返還を唱え、それが最終的に戦争になる。そんなことは考えられません。この日本の国家のなかで」

佐藤は立ち上がり野村を見て言った。

「東恩納にはシナリオがあるはずだ。書いたやつもいる。君のところで徹底的に調べてくれ」

佐藤は国務事務次官に目をやり言った。

「普天間のことがある。アメリカは返還につけこんでそれ以上の代替施設を要求してくる。嘉手納は返還という話がテーブルに乗る前にこちらで決着させなければならない。東恩納との会談の日程を調整してくれ。二、三日うちにだ」

佐藤は国防事務次官と畠山に視線を送り言った。

「国防省と軍縮局は日本国防軍の嘉手納移駐を含めあらゆる事態を想定して事に当たってほしい。いかなる情報でも見落としてはだめだ。今回のように嘉手納の即時無条件全面返還の動きをつかめないようだと責任を取ってもらう」

佐藤は立っている四人を見わたして言った。

「嘉手納の即時無条件全面返還をつぶす。独立はさせない」

第五章　記者会見

執務室に戻ってきた知事の東恩納寛英は笑顔をつくってはいたが疲れは隠せないでいた。午後三時からはじまった記者会見は午後五時をまわって終わり記者たちから開放されたばかりだった。

ソファーに座り戻りを待っていた豊平要は「お疲れさまでした」と声をかけた。

東恩納は何も言わずどかっとソファーに腰を埋めた。

豊平は話しかけるのにためらったが記者会見の模様をきかないわけにはいかなかった。

「どうでした。集中砲火でしたか」

東恩納はうなだれ話す気にはなれないという態度を取った。

「二時間余ですからね。疲れますよ。早めに切り上げる方法はなかったのですか」

東恩納はうなだれたままだった。

「比屋根副知事を同席させたのがまずかったのでしょう。記者サービスが旺盛な方だから自分からは終わろうとしない。それに説明が長すぎます」

豊平は東恩納の疲れをいやすかのように続けた。

「おぼえていますよね。港か橋かの完成の記者会見。完成しましたというだけの会見を三時間もやって。あれは記者会見の最長記録で、まだやぶられてないそうです」

　東恩納の口元が緩んだ。

「知事も記者も席を立って完成式典に向かったのに居合わせたマスコミ専攻の学生を記者だと思い込んで延々と説明して式典に行ったら式典会場が跡形もなかったという話。いまは尾ひれがついて副知事が式典会場に行ったらそこに記者がいて、また三時間も会見をしたということになっているんですよ」

　豊平と東恩納は顔を見合わせて笑った。

　豊平は東恩納の笑いに安心した。クロマグロ養殖計画は記者会見がスタートだった。記者会見の詳細が直ちに日本政府に報告される。総理の佐藤から会談の申し入れがあり政府と沖縄の戦いがはじまる。二時間程度の会見で疲れてもらっては困ると思った。東恩納は笑い顔で言った。

「比屋根さんはおもしろい方です。気に入らない話になると怖いほどのだんまりをみせるし調子にのせると喋りまくります。きょうの会見も同席してもらって助かったがあの喋りの長さにはまいりました」

「やっぱりそういうことでしたか」

「でも助かりました。こっちに向けられた集中砲火を一身にあびてくれました。あの記者との問答は並の者にはできません。質問が出ると記者が嫌がるのを分かっていながらくどくどと説明して解説までつける。それが回答になっているかというと何一つこたえてないのですから。見事でした」

「肝心なことは出なかったのですね」

「記者が勉強不足で助かりました。沖縄の基地問題がマスコミから消えて五年近くも経つわけだから無理もないですがね」

「即時無条件全面返還に対する反応はいかがでした」

「パニックの一言です。いっせいに質問をあびせてきました。ところが即時無条件全面返還がよく飲み込めてないのです。そこで比屋根さんが六十年代の復帰運動を解説してなぜ即時無条件全面返還を要求したか、懇切丁寧に教えたというわけです。すると『無条件』に質問が集中して嘉手納に核があるのかときいてきた」

「それであるとこたえたのですか」

「私は黙っていました。それについては謝花さんが引き取って『あったら大変なことになるので要求として無条件を入れた』とこたえました。それでよかったのではないですかね」

「あすの新聞などマスコミの扱いはどうでしょう」

「きょうの夕方から夜にかけてのテレビは間違いなくトップニュースで扱うでしょう。『沖縄県、政府と全面対決へ』とか『無謀な即時無条件全面返還』とかの見出しになりそうです。あすの朝刊も1面トップにくるでしょう。本土紙あたりは『唐突な返還要求』『根拠ない即時無条件全面』とかで大々的に報じるでしょう。佐藤総理のコメントもいれて『信頼関係に亀裂』とかなんとか」

「そんな見出しになってくれるとありがたいです。県紙の方もこちら側につくのではなく突き放してくれるといいのですが。『狂ったか東恩納知事』という見出しにはなりませんかね」

東恩納ははげた頭をなでながら笑い声をたてた。

豊平は心からそういう見出しになってほしいと思った。知事の考え方に好意的な紙面より刺激的な見出しで突き放してくれたほうが世論を喚起するし政府とも戦いやすい。

東恩納は言った。

「そこまではいかないまでもそれに近い見出しにはなるでしょうね。会見の後半はこちら側を攻撃する意見が多く出ましたし。記者のなかにはこれまでの基地の整理縮小の経緯を評価していましたし、嘉手納の返還は日米の防衛にとって好ましくないとまで言いきった者さえいました。まるでこちらが政府とでもやり合っているような雰囲気でした」

豊平は東恩納の話す記者会見の内容に満足していた。

「マスコミはこれからの展開をどう読むんでしょうか？」

東恩納は少し間をおいて言った。

「嘉手納の返還はないでしょう。そうかといって普天間のケースのように代替施設というわけにもいかないでしょう。問題解決にはどちらかが折れるとみるでしょうね。『沖縄県、即時無条件全面返還を撤回』『東恩納知事、県民の利益を優先』なり『政府、国際都市構想を全面支援』『国際級施設建設に一千億円を計上』で幕になると読む。どうですか」

豊平は首を横に振り言った。

「一千億円は少なすぎませんか？」

「そうか少ないと思うかね」

「政府は九五年から九六年にかけての県民決起ではその解決のために普天間を返還し県民には五十億円を使ってくれと言った。普天間は代替の海上へリポート基地建設に三千億円もかけた。政府の見積もりでは嘉手納を動かすには十兆円はかかるとみていますよ」

「それはわかるが財政が逼迫している現状では県民にまわす金は一千億円が精一杯というところではないのですか」

「それを知事が受け取って、ぎりぎりの選択だったとするわけですね」

東恩納は豊平を見つめにやっとした。

豊平は東恩納に笑みを返した。

二人はしばらくの間、黙っていた。

電話の呼び出し音が鳴った。東恩納はソファーを立ち受話器を取った。電話の声は女性秘書で「国務省の事務次官からです。おつなぎします」と言った。東恩納は受話器を耳元から放し豊平に目くばせした。

「はい東恩納です。国務省も中央省庁の統廃合で大変忙しくなられたでしょう。外務をはじめ沖縄に関係する業務のすべてが国務に統合されたわけですから」

東恩納は電話の声に「そうですか」「それは大変ですね」などとあいづちを打った。

「それにしても国務省だけあって情報収集は速いですね。会見の内容はもう入手されたわけですか」

東恩納は電話の声にうなずく。

「わかりました。会談は三日後ですね。ホテルでの昼食を終えてその後に官邸でということで。それでは」

東恩納は受話器を置き「戦闘開始です。後戻りはできませんね」と言って豊平を見た。

豊平はすばらしいスタートにこころがときめいていた。これまでの出来事のすべてがシナリオ通りに進んでいた。庁議、会見、政府の反応、総理との会談、その日程、怖いほどの順調さである。

東恩納はつぶやいた。

「采は投げられたり」

豊平も思った。後戻りはできないのだ。

東恩納は窓際に寄った。外をじっと眺め話しはじめた。

「復帰のとき私はまだ大学生でしてね。復帰運動にかかわったわけでもなく復帰は時代の要求というか、流れだと理解していました」

東恩納は目を閉じていた。

「あるとき友人は私に言ったのです。その友人のことばが今もこころに残っています。沖縄は国内でありつづけるより外国でありつづけたほうがいいと。復帰には反対したのです。その友人は近い将来、沖縄があらゆる面で注目されるときがやってくると言いました。そのときになって自らの進む道を選択すべきだ。復帰がすべてとみるのは道を誤ることになると説いていました。いま知事という座に就いて沖縄の未来をみるとき、復帰によって日本という国の枠組みのなかでしか生きられなくなった沖縄に未来があるのかと考えてしまいます」

豊平は黙ってきいていた。

東恩納は自分に問いかけるように言った。

「経済的な理由だけなのでしょうか。貧しくても生きていけるはずです」

東恩納はまた自らに問いかけた。

「県民性なのでしょうか。ぎりぎりのところで保守的になり事大主義に陥ってしまう」

豊平は東恩納ならクロマグロ養殖計画を最後の最後まで読み切ったうえで戦い抜けると確信した。この人ならやれる。

女性秘書がノックして入ってきた。「特にご用がなければ帰らせてもらいたいと思いますが」と言った。東恩納は「きょうは大変な一日でした。疲れたでしょう。ご苦労さまでした」と労いのことばをかけた。

豊平は急に東恩納と飲みたくなった。東恩納が酒の席を嫌うのはわかっていた。断られるのを覚悟のうえで誘ってみたいと思った。

豊平は腕時計に目をやって言った。

「少しだけつき合っていただけませんか。私たち黒潮海流調査研究室のメンバーもあすから出張です。知事と飲みたがっています」

東恩納は壁かけの時計を見て言った。

「六時を過ぎましたか。ニュースが流れ出すと電話が殺到するでしょうね。その前に逃げるのもいいかもしれませんね」

東恩納は秘書室長を呼んで「嵐がくる前に退散する」と言った。

秘書室長は不安そう顔つきになり連絡が取れるようにしてほしいと頼んだ。

「いつも使う手でいきましょう」

秘書室長は困った顔をして言った。

「またですか。『倒れた』からはじまって『入院』『手術』『容体悪化』『呼吸困難』『小康状態』まできています。あと残っているのは『危篤』しかありません。殺す気ですか」

豊平は「何を言っているんです」と秘書室長にきいた。

「逃げる口実です。元気でいらっしゃるお母様を殺しかけているのですから」

東恩納は苦笑いして言った。

「母もわかってくれています。血圧が低下して不安定な容体とでも言っておいてくれますか」

秘書室長はしぶしぶ承知して執務室を出た。

東恩納は場所をモノレールの久茂地駅近くにある琉球料理店を指定し先に行っているように言った。

豊平は九階の黒潮海流調査研究室に戻りメンバー全員に声をかけた。

皆、奇声をあげてよろこんだ。すぐに全員で庁舎を出た。

豊平は街に繰り出すのは久しぶりだった。それも午後六時をまわったころに。振り返るとここ一年ちかく帰りは深夜におよび仲間と飲むこともなかった。街の喧騒が心地よかった。

豊平は皆とモノレールの久茂地駅に向かった。歩きながら大城律子にきいた。

「日本に復帰しなかったとしたら沖縄はどれほどのくらしむきになっていたのだろうか」

大城はとっぴな問いに戸惑っていた。

豊平は続けた。

「琉球政府が存続していたとしたらモノレールがビルの谷間を走る今日の光景はなかったのだろうか。基地の整理縮小も進んでいなかった？」

復帰の年に生まれた大城は米軍統治の二十七年間と復帰後の混乱の時代を歴史として学んだにすぎなかった。明確にこたえられなかったが復帰から今日にいたる状況をよしとしてはいなかった。

「いまより貧しい社会にいるとだけは言えそうな気がします。しかし、日本とはまったく異質な際立った文化をもつ外国であったでしょう」

豊平はきいた

「どちらがよかったと？」

大城は逆にきき返した。

「室長はどうなんですか。私は復帰に問題があったと思っています。日本にとって沖縄はいまもって対アメリカとの安全保障上の材料でしかないし沖縄振興策も県民のためになるどころか、搾取といえるものさえあります」

豊平は黙って歩いた。

モノレールの久茂地駅に近づくと肩がふれあうほどの雑踏になった。帰りを急ぐサラリーマン、ショッピングの紙袋をさげた女性たち、塾に向かう子供、どこにでもある駅の光景をみせていた。

豊平はひとごみを分けながらどれほどの県民が大城律子の指摘を受けとめられるのだろうかと思った。

駅前のビルの地下にある琉球料理店は客はまばらだった。すぐに奥の座敷に通された。皆、最初はビールでいこうと言った。ビールがきてそれぞれが注文したつまみがテーブルに並びはじめたころ東恩納が「お待たせしました」と言って入ってきた。皆、ビールのジョッキを口もとから放しはしを置いた。

東恩納は座敷の奥に座りビールではなく泡盛をボトルで頼んだ。誰も口を開こうとはせず東恩納だけを見ていた。

豊平は言った。

「知事が一番いい点は知事らしくない容姿にあります。貧相だと言っているのではありませんよ。親しみやすく、いかにも沖縄県知事という風格を漂わせています」

東恩納は笑みをこぼして言った。

「ほめていただいてどうもありがとう。これだけでも豊平君の誘いに乗った価値はあります」

皆、笑みを浮かべた。

豊平は黒潮海流調査研究室のメンバーを紹介することにした。

東恩納はクロマグロ養殖計画の実行メンバーを知らなかった。クロマグロが見つかり計画がスタートした段階では必要なことと思った。

「知事、仕事の話はしたくありませんが黒潮海流調査研究室のメンバーを紹介しておきたいと思います」

東恩納はうなずいた。

「私の右まわりから紹介します。大城律子です。わが研究室の連絡、調整役です」

大城は「よろしくお願いします」と座ったままで会釈した。

「中国班の真栄里太平です。あす中国に発ちます。一週間後に知事の芸能交流団と合流します」

「隣は崎山隆、日本班です。あさって東京に向かいます。佐藤総理との会談を前に日本政府の動きをチェックします」

「知事の斜め向かいにいるのが平良麻美です。沖縄班です。県や議会、軍用地主など県内のあらゆる組織、団体の情報収集を担当しています」

「その隣が大山美紀、アメリカ班です。知事と佐藤総理との会談を受けてアメリカに発ちます」

「最後に残った若い二人は右が仲宗根智明で左が島袋和博です。クロマグロ養殖計画の最終章のシナリオを作成しています」

東恩納は一人ひとりを見つめ言った
「クロマグロ養殖計画が実現できるかどうかのカギは県民が握っています。私の役割は計画の前段にしかありません。共に戦っていきましょう」

豊平はこれで皆の不安は解消されたと思った。これまでのすべては県民の意思決定の前段で県と日本政府が決めていた。東恩納は自分が前段を務め最後は県民にゆだねると言ったのだ。

豊平は話題を変えることにした。目の前にはちょうど自分の注文したヤギのさしみがあった。

「知事はヤギ料理は好きですかね」

「好きとは言えないが出されるといただきますよ。さしみよりは汁がいいね」

「いまひと皿でいくらするかおわかりですか。二千円もするんです。汁も二千円です。めったに食することができなくなりました」

「なぜそんなに高くなるのかね」

「ヤギ料理の人気ですよ。万病に効く薬、長寿の秘訣みたいに言われ出していますからね。観光客のなかにはヤギ料理が目当てだと言う人もいるそうですよ」

「むつかしいことは考えずに嘉手納が返ってきたらヤギ牧場にするのもいいのかもしれないな」

「もうかりますよ。子ヤギは入園料を取って子供たちと遊ばせ大きくなるとヤギの乳で乳製品でも開発して売り出します。そのほかはヤギ料理にする。牛や豚に替わる肉にでもなれば一大産業になりますよ」

大山美紀が話に割って入った。

「ヤギは好きではありません。まだまだ女性にはその臭いに抵抗感があります。汁とかさしみではなく、あたらしいメニューをつくらないと市場とまではいきません」

東恩納は言った。

「泡盛だって最初はくさいと言って特に女性から嫌われていました。それがいまや世界の銘酒になっています。女性も好んで飲みます。いろいろ工夫を凝らしていけばヤギ料理も高級レストランのメニューにおさまるかもしれませんよ」

豊平は笑いながら言った。

「ヤギの肉のクリーム煮とかキャビア添えとか」

皆、声を出して笑った。

仲宗根智明が言った。

「私たちの研究室の名称変えませんか。ヤギ調査研究室に」

島袋和博は手をたたいて「賛成」と声をあげた。

豊平は言った。

「クロマグロ養殖計画が実現したら私たちの仕事も終わるわけで仲宗根君をリーダーにヤギ調査研究室をつくろう。もうかるぞ」

大城律子が真顔で言った。

「県の仕事ではないですよね。皆、県を辞めてヤギ調査研究室をつくる。そうですよね。そうでないともうかりませんから」

東恩納は苦笑いして言った。

「皆、辞めてしまうのかね。ヤギの調査研究でこれほどの優秀な人材を一度で失うのは県にとって大きな損失になります」

笑い声が一段と大きくなった。

東恩納は若い者と酒を酌みかわすのも悪くないと思っていた。ここでは外交辞令もいらないし、あいさつを求められることもない。まして名刺交換も必要ない。忘れかけていた自由の味だった。

携帯電話が鳴った。一瞬、皆が互いに顔を見合わせた。呼び出し音が琉球音階を奏でている。

豊平は背広の内ポケットから携帯電話を取り出すと座敷を出た。

豊平はクロマグロ養殖計画にかかわりのある人物以外に携帯電話の番号は教えていなかった。

「もし、もし」と言うと相手は秘書室長だった。

豊平は気になることからきいた。

「よく私の携帯の番号がわかりましたね」

「知事がでかける前に『連絡はこの番号で』とメモを渡しましたので。豊平さんの携帯だとは知りませんでした」

「何かありましたか」

「七時前から県の電話が鳴りっぱなしでして。いまのところ抗議と激励が半々です」

「それで」

「どうしてもあす、知事と話し合いたいとの申し入れが十件ほどありました。そのうち強行なのが野党の日本自由民主連合沖縄と米軍基地有効利用促進連合会で抗議だと思いますが日程に入れておきました。あと与党の日本共和党沖縄県本部と沖縄民生党、それに米軍基地平和利用協議会も日程に入れました。知事にお伝えください」

豊平は「わかりました」と言って電話を切ったが伝えないことにした。知事の予測の範囲だったからである。座に戻ると東恩納は電話の用件をきいた。私用だとこたえた。

東恩納は二次会の話が持ち上がると「あすからが本番」と言って席を立った。

豊平は「頑張りましょう」とだけ声をかけた。

第六章　知事室

知事室のドアの前は廊下まで人であふれていた。マスコミの何社かがテレビ中継をはじめている。秘書室長が声をはりあげていた。

「知事との話し合いは各団体とも五人にしていただきます」

反発の声があがる。

「何を言っている。沖縄の将来がかかっているんだ。人員など制限してどうする」

秘書室長は懸命に説得する。

「知事の日程があります。きのうのうちに会見の申し込みがあった順序で会っていただきます。会見の時間は三十分です」

日本自由民主連合沖縄の会長、比嘉良兼は十人余の県議会議員を従え秘書室長と向かい合っていた。いまにも応接室のドアをぶち壊しそうな剣幕だった。

「ごたごた言わないで早く会わせてくれ。知事はなかで何をしているのだ」

「こんな状態で会わせるわけにはいきません。なだれ込んだら収拾がつきませんよ」

比嘉は振り向いて県議らと人選の打ち合わせをして言った。

「では私を含めて五人が入る」

そばから記者たちが声をあげた。

「報道も入れてくださいよ」

秘書室長はノックして応接室に入った。

沖縄県知事の東恩納寛英と副知事の謝花彰一はソファーに構えて座っていた。いつでもどうぞという姿勢だった。

秘書室長は言った
「日本自由民主連合沖縄の比嘉会長ら五人です。記者も入れてくれとのことですがどうしましょうか」

東恩納は謝花に目をやって言った
「かまわないと思いますが、どうですか」

謝花はうなずいた。

「では記者も入れます。時間ですがあともありますので三十分にしてください」

東恩納と謝花はうなずいた。

秘書室長がドアを開け応接室を出て間もなく比嘉らが入ってきた。そのあとを二十人ちかい報道陣がなだれ込みソファーのまわりを取り囲んだ。

日本自由民主連合沖縄の比嘉はソファーに腰を沈めるなり謝花に視線を送った。

謝花は比嘉の視線を避け東恩納を見た。

東恩納は比嘉を見据えていた。

比嘉は穏やかな口調で切りだした。

「知事、ことは重大ですよ。きくところによると独断専行だそうで。知事ともあろう人が沖縄の基地返還のシステムをまったくわかっていらっしゃらない。この決定にはおそれいりました。どうするおつもりで」

東恩納はゆったりと構え言った
「お騒がせしています。ご存じのとおり沖縄の基地返還は返還ではなく整理縮小および統合であります。これ以上、整理縮小に名をかりた基地の機能強化と統合がおこなわれますと永久的に沖縄からの基地撤去は実現できないと思われます」

比嘉は少し語気を強めた。

「知事の今回の決定は返還どころか逆に返還を遅らせ最悪の場合は返還交渉自体を棚上げにする結果になりかねません。これまで築き上げた政府との信頼関係を根底から覆すことになります」

同席した県議らが一斉に声を荒らげた。

「政府との信頼関係のもとに基地の返還は実現しているではないか」

「嘉手納の即時無条件全面返還を要求するとは無謀だ」

「県民は嘉手納の即時無条件全面返還なんて望んではいない。返還スケジュールにのった長期的かつ有効な跡利用のもとでの返還だ」

比嘉は右手を上げ県議らの発言を制止して言った

「知事に一つひとつきいていきたい。まず嘉手納の即時無条件全面返還を要求し返還を実現する根拠です。そして、跡利用の問題。さらに、返還が実現できなかった場合の責任。こたえていただきましょう」

東恩納は非常にゆっくりした口調で言った

「私はこれまでの方法では基地、特に嘉手納は返ってこないと思っています。仮に嘉手納が返るとなっても返還までには少なくとも十年はかかります。だから、いま即時に返してくれと言っているだけです」

東恩納は間を取った。

「跡利用よりまず返還だと考えています。いままでは地主への補償を含めて跡利用が問題にされてきました。返還が決まれば嘉手納基地と嘉手納弾薬庫の広大な土地に外国からの投資もお願いできる。返還から跡利用決定までの間の補償については県が最大限の努力を払うことにします」

東恩納が「責任は」と言ったとき謝花が東恩納を制するようにして言った。

「知事の要求は当然でありまして返還が実現できなかったら責任を取れと言われるのはおかしい話です」

県議らの声が一段とトーンをあげた。

「今回の即時無条件全面返還は政府との信頼関係を損ねた。そこの責任を言っているのだ」

「テレビの報道や新聞を読みなさい。知事の決定に賛同しているのは実情をしらない一部の平和運動家だけだ。どの新聞を取っても唐突で無謀で計画性のない要求だと論じている」

「報道では『政府は知事の真意をはかりかねている』と書いている。誰だって唐突に即時無条件全面返還なんて言われると真意どころか、頭がおかしくなったのではと思ってしまう。撤回すべきだ」

比嘉はまた県議らを制止して言った

「知事、撤回していただくわけにはいきませんか。ことを急いでは失敗します。県民あげて戦えば嘉手納の返還も現実のものとなります」

東恩納はこたえなかった。

県議らはいらだった。こぶしさえ握っているものさえいた。

比嘉は言った。

「何か裏があるのですか。黙っているところをみると、即時無条件全面返還にははかりごとがあるとしか思えませんな」

一人の県議が言った。

「知事の不信任案を提出します。だいたい独断でことを決めてしまう人間に県政を任せておくわけにはいかない。辞めてもらいましょう」

東恩納は発言者に目を向け言った。

「私は嘉手納の返還については沖縄側から要求を突きつけるべきだと考えたのです。皆さんもこれまでの基地の返還や整理縮小、統合の過程についてはよくご存じだと思います。ある出来事、それは不幸にも県民が犠牲となる事件や事故などを指しますが、その出来事が起こったあと県民は怒りや憤りを口にする。そこまでは年に何回かあり政府は静観する。政府が動くのは怒りや憤りを行動というかたちにしたとき、一番効果的なのは党派を超えた県民総決起ですが、そのときはじめて腰をあげます」

東恩納は訴え口調で続けた。

「考えてみてください。政府の腰のあげ方は根本的な基地という問題を解決するというのではなく、何か一つ、あめでもあげれば片づくかのような腰のあげ方でしかありません。そのこと自体にも多くの県民は不信感を募らせていますが、ここではそのような不幸な出来事があってしか政府に対してものが言えないのかということです。嘉手納の返還は沖縄返還に匹敵します。アメリカにおいてはアジア戦略のキーストーンであり日本政府においては国防のキーストーンですから沖縄返還以上に困難が伴うと思われます。それゆえに即時無条件全面返還を要求しているのです。時期を逸し有事にもなれば返還はおろか、戦争に巻き込まれることになります」

東恩納は頭を下げて言った。

「即時無条件全面返還に日本自由民主連合沖縄の力をかしていただけないでしょうか。県政においては野党第一党であっても中央では政権党であり皆さんの理解と協力があれば返還は現実のものとなります。ご支援をお願いしたいのです」

比嘉も県議らも一瞬、返すことばに詰まった。

比嘉はここで退くわけにはいかなかった。協力などできないし下駄を預けられたのでは抗議にはならない。捨てぜりふは吐いて退くにかぎると思った。

「なんやかんや言われても即時無条件全面返還は無謀です。県民の支持もえられないし孤立しますよ。一人で戦うというのであればどうぞ」

比嘉はソファーを立った。

県議らも立ち上がったが一人は座ったままで新聞を広げて言った。

「佐藤総理との会談が報じられているが信頼関係を傷つけるような発言があれば徹底的に責任を追及しますよ」

比嘉ら日本自由民主連合沖縄の県議らが応接室を出ると入れ替わりに五人がどたどたと入ってきた。荒々しい態度でソファーに座った。秘書室長はあとから入ってきて東恩納に申し訳なさそうな顔をした。

東恩納はこの手の人たちの応対には反論は禁物できき役に徹するのが一番だと心得ていた。

五人は米軍基地有効利用促進連合会の代表だと名乗り東恩納に名刺を手渡した。

会長と副会長三人に事務局長だった。

九六年に普天間基地の返還が合意されて以来、沖縄の基地問題は沈静化、軍用地主らで組織する米軍基地有効利用促進連合会も開店休業の状態だった。それだけに東恩納も初対面であった。

東恩納は「ご心配をかけます」と丁重に頭を下げた。

会長という高齢の男性は威圧するように言った。

「あんたは知事だろう。県民のためになることをやるんであってあんたがやろうとしていることは県民のためにならないし軍用地主の生活を奪うものだ」

事務局長が続けた。

「軍用地主は県に泣かされてばかりいます。県は基地の返還を簡単に言ってのけるが、その裏で地主は苦しい思いをしている。細切れで返還され利用しようにも利用できない土地が返る。土地が返ってきても跡利用が決まらず何年間も放置されたままになる。これまで生計を支えてきた地代が入らず生活は苦しくなる。ことあるごとに軍用地主の立場を訴えてきたが、わかろうとはしない。なぜですか」

三人の副会長が先を争うように続ける。

「基地の返還でまず最初に相談すべき相手は地主であるわれわれだ。政府にあたる前に、われわれの考えをきく。当たり前なことであってどういうわけで頭越しに返還とか整理、縮小を決めるのか、癪にさわってならない」

「県は軍用地主を馬鹿にしている。働きもしないで軍用地料でぜいたくなくらしをしていると思っているのだ。こんな連中の意見などきく必要もないというわけか」

「知事、私たちは基地の返還に反対ではありません。返還にとって最も重要なのは跡利用なのだから跡利用さえしっかりすればよろこんで返還に賛成します。ところが県はゾーニングとか言って、ただ線引きしてみせるだけ。ここからここは商業地域、ここからは住宅地域、そしてここが文化教育地域とかなんとか。法的、財政的な裏付けもないのに構想だけはうまい。国際都市構想は実際、どこまで進んでいるのかもわからない。絵にかいたもちで腹いっぱいにさせようたってなるわけがない。私たちは絵にかいたもちなんか見たくもない」

東恩納は視線が合う度にうなずいて見せた。

会長は言った。

「知事、あんたは返還が先で跡利用はあとでもいいと言っているそうだがほんとかね。嘉手納基地と弾薬庫の広大な土地の地主への補償、金はあるのか」

東恩納はこたえないわけにはいかなくなった。

「そのことにたいして理解と協力をいただけないかと」

「よくも理解と協力なんて言えたものだ。地主を馬鹿にするのもいい加減にせんと」

皆、押し黙った。

謝花が「いいですか」と言って口を開いた。

「地主の皆さんのご心配はよくわかります。知事はこれまでの基地の整理縮小の取り組みでは何もできない、嘉手納も永久的に返らない、それで決断したのです。地主の方々が一緒に戦ってもらえるのであれば責任をもって跡利用を進めます」

三人の副会長が声を荒らげた。

「逆なんだよ、逆」

「返還が先では困ると言っているのにわからんのか」

謝花は言った。

「嘉手納が永久的に返らなくてもいいんですか」

副会長の一人が強い口調で言った。

「地主が納得する跡利用でなければ返らなくていい。われわれにとって食うための収入が大事なのだ。その収入に見合う跡利用でなければ返還に協力できない」

東恩納は黙ったままで時間をかせぐしか方法がなかった。相手がしびれをきらすのを待った。

会長は東恩納の考えを見透かすかのように言った。

「知事、時間が無駄になるよ。即時無条件全面返還を撤回したらどうです。それならこれからのことについて全面協力しますよ。沖縄の基地をあんた一人の力で動かそうたって動くわけはない」

事務局長が続いた。

「会長もそう言ってくれています。知事、撤回していただけませんか。地主と手を組んで返還にあたる、それが得策だと思いますが」

東恩納は黙った。

謝花も黙っていた。

会長はしびれをきらし言った。

「まあ、いいでしょう。即時無条件全面返還と言ったって日米の政府が『はい、そうですか』と返すわけはない」

会長はひと呼吸おいて続けた。

「あんたは頭がいい。マッチポンプなんだ。火をつけておいて裏では水をかけて消しにまわる。そして金を引き出す。そうでしょう。それならおおいに結構。地代だって跳ね上がるかもしれない」

会長が立ち上がり副会長、事務局長も続き応接室を出た。

東恩納は無言で頭をさげた。

秘書室長が穏やかな表情で入ってきた。「米軍基地平和利用協議会の金城会長ら五人がお会いしたいそうです」と言った。米軍基地平和利用協議会は、東恩納の支持母体の一つだった。

金城は入ってくるなり東恩納の手を取って言った。

「やりましたね。知事に就任してから二年、何をやっているかと思ったらものすごいことを考えていたんですね」

東恩納は記者たちの目を気にしながらソファーに座るようながした。浮かれた表情を見せたのではたたかれるに決まっていた。

ソファーに座った金城らは笑みを浮かべ上機嫌だった。

東恩納はきびしい顔をつくり言った。

「われながら非常にむつかしい宿題をつくったものだとあきれています。皆さんの支援がなければ宿題は解けませんのでよろしくお願いします」

金城もきびしい顔をつくり言った。

「九五年に県民総決起があり政府は九六年に普天間を返した。それ以来ですよ基地問題は。こちらが何も言わなければ政府は絶対に取り組もうとしない。嘉手納の即時無条件全面返還の要求をニュースで知ったときには身震いしました」

ジーパンにTシャツの若い女性が言った。

「正直言って沖縄は終わったと思っていました。普天間の返還が巨大な海上軍事基地を誕生させたにもかかわらず県民の反応は鈍い。一方では国際都市構想だの経済特区だのと言って振興策に浮かれている。誰も基地問題を提起しない。過去の戦争も振り返ろうとしない。平和を口にする資格はないとさえ思っていましたから」

いまにも喝采が起こりそうな雰囲気になっていた。

東恩納は皆の興奮を抑えなければならないと感じた。

「嘉手納の即時無条件全面返還は提起したにすぎません。皆さんに会う前にきた方々は、非常にきびしい意見を出されました。私自身も戦って解決できる問題なのかどうか不安でならないのです。相手は日米両政府です。一歩間違えると嘉手納をより強固な世界最強の軍事基地にしかねない」

金城は言った。

「私たちは基地問題を提起したことに意気を感じているのです。まったくの無風状態のなかにあってですよ。嘉手納はいずれ誰かが口にしなければいけないことだった。これまでのように米軍や日本国防軍の重大な事件、事故を待つわけにはいかない。確かに平穏な社会にあって無理難題とみられがちな即時無条件全面返還を言うのはただごとではない。でもやらなければいけないのです」

東恩納はうなずいた。

金城の隣に座った白髪の高齢の男性は言った。

「知事、自分たちのことは自分たちで決めなければいけないのですよ。アメリカや日本の言いなりになっては駄目です。平和でくらしていきたい、基地はいらない、それだけ言えたら十分です」

白髪の男性は自らに言いきかせるように続けた。

「私たちは何十年も基地と戦っているように見えますがそうではないのです。外的要因で基地が問題になったときだけ声をあげているにすぎません。決断のときも外圧によって自らの主張をまげていく。これは戦いではなく条件闘争のようなものです。これでは基地をなくすことはできません。沖縄返還から今日に至るまでには節目と言われるような戦いがいくつかありました。ことごとく日本政府の土俵にのせられ敗れてきた。この経験はいつになってもいかされない。どうしてかと自らに問いかけると常に戦っていないからだとのこたえしか返ってきません」

応接室にいる皆がきき入っていた。

東恩納はこれからの戦いのきびしさを感じ取った。

クロマグロ養殖計画を実現するには考えを貫き通すしかないと確信した。

金城は言った。

「佐藤総理との会談があるそうですね。日本政府はたくさんのカードを持っています。どんどんカードを切ってくるでしょう。気をつけてください。私たちは政府の切るいかなるカードもほしくはありません。カードを見たいとも思いません。知事は即時無条件全面返還という一枚のカードしか手にしてはいけないのです」

東恩納は表情を緩めた。

副知事の謝花も温和な顔に戻っていた。

第七章　暴漢

沖縄県知事の東恩納寛英は東京に向かう機内でこころ休まるひとときを過ごしていた。嘉手納の即時無条件全面返還をおおやけにして以来、抗議と激励の渦のなかにいた。昼夜を分かたず抗議の電話は鳴った。受話器を取ることはなかったが秘書室長や秘書、交換手は悲鳴をあげていた。そんないたたまれない時間からの解放となった機内は飛行機恐怖症の東恩納ではあったが心地よかった。

シートベルト着用のチャイムとランプがつき間もなく到着の機内アナウンスがあって副知事の謝花彰一が目をさました。後ろの座席では米軍基地整理縮小総括部長と振興政策部長が東京での夜のすごし方について話していた。

東恩納は隣の謝花に政権党である日本自由民主連合の動きについてきいた。謝花が日本自由民主連合沖縄の会長、比嘉良兼と接触しているのはわかっていた。こちらの動きも謝花を通して比嘉から日本自由民主連合の党首で総理の佐藤慎太郎に伝わっているに違いない。そうであるならあすの佐藤との会談を前に謝花から日本自由民主連合と佐藤の動きをきき出しておきたかった。

謝花は比嘉と二回会ったが何の情報も得られなかったと言った。

東恩納は佐藤の出方についてもきいた。

謝花は言った。

「こちら次第です。即時無条件全面返還の頭の二文字か三文字を削っていけば、いろいろおもしろい案を出してくれると思います」

東恩納は佐藤の手の内が読めたようでうれしくなった。

到着ロビーには沖縄県東京連絡調整室の職員二人が待っていた。

そのそばにはあきらかに要人警護とみられるがっしりした体格の男二人がいた。

東恩納が先を歩き、少し後ろに謝花がつけ米軍基地整理縮小統括部長と振興政策部長はその後ろだった。

東京連絡調整室の職員二人が東恩納に駆け寄った瞬間、同じように駆け寄ってきた一人の中年の男が「沖縄はヤマトゥーに甘えるな」と叫び、こぶしを東恩納の顔面にふりおろした。

東恩納はこぶしをよけることができなかった。後ろにのけ反り倒れた。

中年の男は「勝手なことばかりいうな」「沖縄は甘えるな」と叫んでいたが二人の男にはがい締めにあっていた。

東恩納が立ち上がろうとすると何人かが駆け寄ってきて支え「大丈夫ですか」と声をかけた。

東恩納は頭を振り、首をまわした。異常はなかったがあごに痛みを感じた。

周囲は人だかりができていた。

制服の警察官が東恩納の周りを取り囲んでいた。

がっしりした体格の男二人が東恩納の前に歩み寄り直立不動のままで「申し訳ないことをいたしました」と言って深々と頭を下げた。

東恩納は黙って歩いた。謝花や部長らが申し訳なさそうな表情でついてきた。

記者たちが東恩納のあとを追いさかんに声をかけた。

「男は何と言ったんですか」

「嘉手納のことを口にしたんですか」

「どこを殴られたのですか」

「けがはありませんか」

東恩納はこれで会談がすこし有利になるかもしれないと思った。相手のパンチはあごをかすめた程度だった。暴漢に感謝というのも変だがマスコミの取り上げ方によっては沖縄に関心が集まることになる。あごの痛みが快感にちかかった。

東恩納は公用車に乗り込んだ。謝花が隣に座った。

謝花は言った。

「病院に寄ってからホテルに向かわれたどうでしょう。検査はしておいたほうがいいと思いますが」

「病院に行ってあごに包帯でもされたら大変なことになります。痛みもそうないので大丈夫でしょう」

謝花は遠慮がちに言った。

「災難でしたがこれで会談が有利になりました。こちらのペースで話が進むかもしれません」

「そう簡単にいきますか。見舞いというか慰めのことばはかけるでしょうが、この程度のことでこちらのペースになるとは思えません。ちょっと下手に出るくらいでしょう。それにしても基地問題で暴漢に襲われるとはね」

謝花は何かに気づいた感じで言った。

「知事、あの暴漢ウチナーンチュですかね」

東恩納は何でそんなことを言うのかまったくわからなかった。

「ききましたでしょう。『ヤマトゥー』と言いましたよ。『沖縄はヤマトゥーに甘えるな』と叫んでいました」

東恩納は男のふりおろすこぶしは見えた。叫びは耳に入っていなかった。

「ヤマトではなくヤマトゥーときこえました。ウチナーンチュ以外に日本をヤマトゥーと言うところがありますか。ヤマトではなくヤマトゥーですよ」

東恩納は謝花の指摘に不安がよぎった。謝花の言うとおり暴漢がウチナーンチュだとしたら会談の状況は不利になる。嘉手納の即時無条件全面返還の要求が県民の反発をかっているという証にされる。

佐藤にとってはこのうえない有利な材料である。

東恩納は言った。

「ヤマトゥーと言っていたとしたら困ったことです。私への同情どころか、それみたことかとなります。会談もやりにくくなりますね」

「取り調べもあるでしょうからすぐにウチナーンチュであるかどうかはわかりませんよ」

「ウチナーンチュは氏名でもだいたい判断できますよ」

謝花も困った顔つきになった。

謝花にとって今回の会談は嘉手納の即時無条件全面返還を盾にした取り引きの場でしかなかった。取り引きの好材料と思えた事件が一転して相手の攻撃材料になりかねなかった。できるだけ大きな取り引きをするには次の手を考えなければならない。

「知事、すぐに調べさせましょう。ウチナーンチュであったとしても個人的なうらみとか、右寄りの過激な団体とかの線もあります。早急に調べて会談に影響を与えないような手は打っておくべきです」

東恩納はうなずいた。

謝花は上着のポケットから携帯電話を取り番号をおした。
東恩納は暴漢が沖縄に関係ない人物であってほしいと願った。

第八章　沖縄県知事暴行事件捜査本部

国家安全情報局長の野村正義は、また総理の佐藤慎太郎の前で頭を下げていた。

佐藤はあすの東恩納との会談を前に政府の対応について関係省庁の事務次官を官邸に集め協議の最中であったが、東恩納が暴漢に襲われたとの報告を受け協議を中断、野村を呼びつけた。

野村は責任を取らなければならなかった。嘉手納の即時無条件全面返還の動きを察知できなかったし沖縄県知事の東恩納寛英を暴漢に襲わせるというミスをおかした。

佐藤はあきれかえってものが言えないという態度で無言だった。

野村も言い訳はできなかった。

佐藤は野村の前を行ったり来たりしてやっと口を開いた。

「あれほど沖縄には注意しろと言っておいたのに」

野村は黙っているしかなかった。

「東恩納に得点を与えるとは。ただでさえこちらは沖縄に振り回されているというのにまた一つこの私が頭を下げなければならないはめになった」

野村は言った。

「責任を取らせてください」

佐藤はすぐにこたえた。

「当然、責任は取ってもらうが責任を口にするより相手の攻勢を止める手でも考えたらどうかね。いまのままでは主導権は東恩納にある」

野村は一つだけ佐藤にとって好材料となるであろう情報をえていた。丁寧にことばを返した。

「総理にはご迷惑をかけてばかりで、申し訳なく思っています。知事の警備のミスはこちらにも責任があり、言い訳などはいたしません。ただ、この暴行事件には裏がありそうな気がします」

佐藤は、野村を見据え次のことばを待った。

「取り抑えた男は本籍が大阪で、静岡に住む四十二歳になる中村幸夫という会社員です。右や左の過激な団体などに属したことはなく思想的な背景は見受けられませんでしたので、警察では単なる基地返還への抗議行動と受け取って処理するつもりでした。ところが男が沖縄と結びついたのです」

佐藤は話の内容が長くなりそうだったので野村にいすをすすめた。

「男は知事に殴りかかるとき『沖縄はヤマトゥーに甘えるな』と叫んだそうです。『ヤマト』とは言わず『ヤマトゥー』だったそうです。『ヤマトゥー』という言い方は沖縄独特でしてすぐに調べました。中村は改姓で祖父の姓は仲村渠です。人偏の仲村に、キヨという字、さんずいに巨人の巨と下に木と書く渠で、みぞとかほりわりの意味をもつ渠、その三字で『なかんだかり』と読みます。祖父は昭和十年ごろ、沖縄から大阪に渡っています」

佐藤は野村の調査のすばやさに満足した。次に何を言わんとしているかもわかっていたが「それで」ときいた。

「沖縄県知事が沖縄出身者に襲われたのですよ。本土がやったわけではない。日本国民には関係ないところで起こった暴行事件です」

佐藤は「まあまあ、そこまで言わなくても」と野村の口の滑りを抑えた。

野村は言いすぎたと感じたのかトーンをおとした。

「マスコミには犯人は『沖縄出身者』として発表します。会談での知事の立場は逆転するでしょうし沖縄に対する国民の目も冷やかになることでしょう」

佐藤の表情は余裕に変わっていた。

野村は佐藤の顔つきの変化に得意気になった。一気にこれまでのミスを取り返すつもりでいた。

「私たち国家安全情報局としてはちょっとした情報を徹底的に捜査しただけでして、情報が役立てては何よりです。私が裏があるのではと言いましたのは、この程度の情報ではありません」

野村の表情は打って変わって自信に満ちていた。

「この暴行事件は知事の自作自演ではないかと思われます」

佐藤は「なに」と声をあげた。

野村はことばの一つひとつを噛みくだいた。

「暴漢の襲撃事件としては手口におかしい点があります。知事に危害を加えるにしても最小限にとどめようとしたふしがあるのです」

野村はなおもことばに重みをもたせるかのように噛みくだいた。

「こぶしは、あごを、かすっただけでした。知事の、あの顔だちですから、まともに当たると、かなりの打撲となり、会談にも影響したでしょう。当てないように、した。それに、男を、取り抑えたとき、叫び声はあげてはいたが、からだには、気迫が感じられなかった、そうです。取り抑えた警護官の話では、男にとびつくと体はふかふかで、拍子抜けの感じを受けた、といいます。仕組んだとみるべきです」

佐藤は言った。

「それだけで自作自演と決めつけるには?」

「この状況に加えて沖縄出身者の中村幸夫です。どうです?」

佐藤はしばらくあごに右手をあて考え込んでいたが「基地返還で自作自演か」とつぶやき、笑みを浮かべて言った。

「おもしろくなりそうだ。捜査本部を設置しよう。名称は『沖縄県知事暴行事件捜査本部』とでもするか」

野村が戸惑いをみせながら言った。

「捜査本部を設置する事件ではありません。あの程度の事件で捜査本部設置では逆に何かあると感づかれます。捜査は極秘でないと」

「この際、暴行事件を名目に、嘉手納の即時無条件全面返還の裏を徹底的に調べよう。もしかすると暴行事件から嘉手納の仕掛け人にたどりつくことができるかもしれない。犯人の身元を『沖縄出身者』と発表し、同時に捜査本部設置も明らかにしてくれ」

「記者が食いついてきますよ。それ相当の理由を考えませんと」

佐藤は簡単に言ってのけた。

「日米の安全保障に重大な影響を与える嘉手納基地の返還問題、その重要な問題を話し合う会談への妨害行為、捜査本部設置には十分な根拠がある。あとはそっちで、ちょっと肉づけすればいい」

野村はうなずいた。

佐藤はつけ加えた。

「責任はこの仕事を終えてから取ってもらおう」

第九章　中華料理店

新宿駅の西口に近い中華料理店は夜の九時をまわるというのに客の出入りがあった。

中国に留学した経験をもつ沖縄県知事の東恩納寛英は中華料理が好きで東京に出張する度に予約を入れて奥のテーブルを確保していた。

東恩納が姿を見せると自ら料理を運ぶ料理長は顔をしかめて言った。

「大変なことあった。大丈夫？」

東恩納は笑顔を返した。

「ニュース見た。悪い人いる。心配したよ」

東恩納の隣に腰掛けた黒潮海流調査研究室の崎山隆は料理長の腰のあたりを軽く叩き「心配ない。大丈夫」と言った。

料理長はにこっとして厨房に戻っていった。

崎山は料理には手をつけず報告をはじめた。

「空港での出来事は電話で豊平室長に知らせました。その後の国家安全情報局の発表については、ニュースで知った室長から逆に連絡がありました。犯人が沖縄出身者という点は計画を進めるなかでこちら側にも有利に作用してくるとの指摘でした。捜査本部の設置はこちらの動きを封じ込めるのが目的だということです」

　東恩納は崎山にはしをすすめながら言った。

「県民の反応については何か」

「事件の直後は激励の電話が殺到していたそうです。ところが国家安全情報局の発表後はぴたっとやんだそうで県出身者の犯行には県民も動揺しているとのことでした」

　東恩納は「やはり」とつぶやき、はしを置きき返した。

「室長は県出身者の犯行が有利になると言ったのかね」

「そう言いました。私もそう思います。危険な身に遭われた知事には申し訳ないのですが、嘉手納の即時無条件全面返還に対する日本国民や県民の反応をはかることができました。事件発生当初は知事への同情が支配的でした。いわば嘉手納の即時無条件全面返還に理解を示そうとした。ところが犯人が県出身者と発表されると一転して冷やかになった。沖縄を突き放したということです。私たちの計画は突き放され、捨てられてこそ実現に向かうのですから。いい事件と言えます」

　東恩納は酢豚を口に運びながら「孤立無援ということですね」と言った。

　崎山はうなずいた。

「知事、ウチナーチュは孤立無援に弱い。そう思いませんか。地理的に孤立しているせいか、孤立を何よりも恐れ、最後になると相手に折れる」

東恩納には崎山の言わんとすることが十二分にわかっていた。佐藤との会談では行き着くところ、孤立無援となる。それでも嘉手納の即時無条件全面返還を貫き通せるか、そのことを問うているのだ。

東恩納は崎山にきいた。

「節目、節目で選択をしながらいまの沖縄がある。そうしかならなかったし、これからもそうでしかないということではないですか」

崎山はこわばった顔になり言った。

「選択とはどういうことですか。私たちの道は一つです」

「その道が険しい道であったら迂回するのもいいのではないかね」

「私たちが迂回する道をつくったのであれば、それはそれでかまいません。しかし誰かがりっぱな舗装した迂回道をつくってあげ『この道は危ないから安全な迂回道を行きなさい』と言われ、その道を歩いているだけです。険しい道には越えると未来があるが楽な迂回道だけを歩き続けると『そうしかならなかったし、これからもそうでしかない』という考えに陥る。そのことは知事が言われたことで、私たちは知事と一緒に険しい道を選んだ。それでいいんですよね」

東恩納はうれしかった。自分より強固な意志をもち、険しい道に挑もうとしている。たとえクロマグロ養殖計画が失敗に終わっても、彼らがいるかぎり沖縄の未来は明るいと思った。

東恩納は崎山に「先にやっていてもかまわないんだよ」と言った。

崎山ははしに手をつけるわけにはいかなかった。日本共和党の県選出国会議員、上地義夫を待たなければならない。

崎山が腕時計を見て「遅いですね」と言ったとき、上地が入ってきた。

上地は日本共和党沖縄県総本部の会長で、日本自由民主連合沖縄の会長、比嘉良兼とは犬猿の仲で知られ交互に国会へのキップを手にしていた。

東恩納が上地を招いたのは、嘉手納の即時無条件全面返還に対する日本共和党の反応と日本自由民主連合の情報を収集するためだ。

上地は席につくなり「大変なことをやってくれましたね」と言った。

東恩納は「まずは食事でも」とはしをすすめた。

上地は「ビール」と言った。崎山がビールを頼んだ。

東恩納は崎山を紹介した。

崎山は名刺を差し出したが上地はちょっと目をやっただけだった。

東恩納は言った。

「国会の方はどうですか。対立案件もなく平穏のようですが」

上地は崎山のついだコップのビールを一気に飲み干し言った。

「そうだった。なのにあんたがことを起こした。私は笑いものだ。地元で何が起こっているかも知らない馬鹿な議員というわけだ」

東恩納は「まあまあ」と言ってビールをついだ。

「あんたも知ってのとおり、わが党と日本自由民主連合とは日米安保に関するかぎり政策にそう違いはない。どちらが政権についても日米協調路線だ。嘉手納の即時無条件全面返還なんて取り合わない」

東恩納は言った。

「日本共和党は日本自由民主連合の基地政策や沖縄振興策を批判されているではありませんか」

「普天間基地の返還以来、沖縄基地の整理縮小は遅々として進まない。それは日本自由民主連合の基地政策のまずさにあるとやり玉にあげているにすぎない。沖縄振興策だって金をばらまいて振興が図れるもんでもないし、基地の整理縮小があってはじめて実行できる。振興策イコール基地政策の観点で批判しているだけだ」

「嘉手納の即時無条件全面返還で日本共和党の支援をいただくわけにはいきませんか」

上地はシューマイを口にしていた。「うまい」とつぶやき東恩納に目をやり言った。

「よくここに」

東恩納は話の腰を折られ、こたえる気にはならなかった。しかし、県政与党を牛耳る上地の機嫌を損なうわけにいかないと思った。

「東京出張があると寄ることにしています。酢豚は特にうまいですよ」

「あんたは中国通だし中華の味にはくわしいでしょう」

「安くてうまい。料理はそれだけでいいと思っています」

上地は酢豚にはしをつけていた。「確かにうまい」と言ってうなずいた。

崎山はいらだっていた。上地が何の情報も持ち合わせていないのは話ぶりでわかった。ただ文句をいいにきただけだ。嘉手納の即時無条件全面返還で相談のなかったことに。早く席を立つことを願った。

上地ははしを置いて言った。

「日本共和党としては嘉手納の即時無条件全面返還の真意がききたい。あんただって嘉手納が返ってくるなんて思っていないだろう。それなのに即時を冠し、無条件を付し、さらにとどめをさすかのように全面までつけ加えた。その真意によっては支援をおしまない」

東恩納は今度はこちらが話の腰を折る番だと思った。

「上地先生はヤギが好きでしたよね。中華よりヤギ料理にしたかったのですが、おいしい店がわからなくて」

上地の顔がビールのせいもあるだろうがみるみる赤みをおびてきた。

東恩納はかまわず続けた。

「嘉手納が返ってきたら跡利用としてヤギ牧場にする案が出ているんです。ヤギ料理はいまや万病に効く薬用料理のようにいわれ大人気です。ヤギを産業にする。嘉手納をヤギ牧場にすれば可能です。まだ私案ですが」

上地は怒鳴るようにして言った。

「あんた、私を馬鹿にしているのかね。嘉手納は返らない。返らないのを前提にしていかに県のために役立てるを考える。それがあんたのやることだ。それ以上のことは県民にとっても、国民にとっても必要ない」

崎山はたまりかねて口をはさんだ。

「嘉手納が返らないというのは上地先生がそう考えているというだけのことですね」

「そうではない。わが党も日本自由民主連合も嘉手納にはふれないことにしてある。日米安保にとって嘉手納はタブーということだ。それぐらいは理解できるだろう」

「ではききますが沖縄基地の整理縮小とはどこまでを指すんですか？」

「あくまで整理縮小だ。基地はなくならないということだ」

「それでいいとお考えになっているわけですね」

「私は県選出の国会議員だよ。『はい』と言えるかね。整理縮小に努力するしかないんだよ」

崎山はそこで黙った。これ以上話すとむなしくなると思った。

上地は東恩納を見据え言った。

「私がここにきたのはあすの会談について話したかったからだ。あんたもそれで私をよんだ。そうでしょう」

東恩納はうなずいた。

「あんたは私に嘉手納の即時無条件全面返還の真意を話す。それを私が，いや党が検討して佐藤総理との会談を有利にすすめる。佐藤総理の回答に問題があれば党として追及する。そういうことだと理解してこの場にいる。違うかね」

東恩納は言った。

「私には嘉手納の即時無条件全面返還しかないのです。真意などというものはありません」

上地は念を押すかのように強い口調で言った。

「あくまでも即時無条件全面返還で戦うわけだ」

「そうです」

「先を読んでいるのかね。孤立するよ。あんたに同調するのはいない」

「そうとは思えません。県民の願いは基地の整理縮小ではなく撤去ですから」

「そうかね。あんたは空港で県出身者に殴られた。殴った犯人は『沖縄は甘えるな』

と言っていたそうではないか。その意味がわかるかね。政府は沖縄のことを誠意をもってやってきたんだよ。里子にやり、苦労をかけた子に親としてできる精一杯なことをやってあげたい。そんな気持ちでやっている。ところが、その子は里子にやられたことをいいことに親に対して、あれがほしい、これがほしいと甘える。犯人はそう言っているのだ」

　東恩納は上地がよい例え話を持ち出してくれたと思った。子としての言い分はいくらでもあった。

「上地先生はいい親だとおっしゃるが、私はいい親だとは思わない。その子は里子から戻ってはきたが、里親に虐待され、一番大事な心臓を患い、手足なども病んでいた。親は大事な心臓はなおそうとはせず、手足の部分的な手当てだけをしていた。医者は緊急に心臓を移植しないと助からないと言った。親は移植相手が見つからないことを理由に放っておいた。そうですよね。その子はおもちゃやあめがほしいとは言っていない。死ぬかもしれない病気をなおしてほしいだけなのに、親はあめを買い与え、なだめてばかりだった」

　上地は言った。

「その子はいまも元気で生きている。心臓移植のような危険をおかさなくても生きられるとわかった」

「確かにその子はあめをなめながらも生きてきた。そして大人になった。ここからが上地先生とは違います。大人になると、自分のことがよくわかるようになった。親の言うとおりにあめをなめ、移植相手が見つかるのを待っていたのでは、いずれ死ぬ。自分の未来は自分で切り開くしかないと移植を決意した」

「それが嘉手納の即時無条件全面返還というわけか。移植したら死ぬぞ」

東恩納は上地の捨てぜりふにこたえなかった。沖縄を里子にたとえ、親を日本にたとえ、心臓を嘉手納基地に例えた話は、行き着くところ考え方の違いになる。だが上地は説き伏せようとしている。これ以上こたえていくとクロマグロ養殖計画までふれないといけなくなる。

東恩納は言った。

「どうもご忠告、ありがとうございました。佐藤総理との会談後にお会いしたいと思います」

上地は拍子抜けの顔をして言った。

「話は終わっていない。心臓移植をやるか、やらないかが話の本筋だ」

「話がもとに戻ります。もう時間も経っていることですし」

崎山は料理長を呼んだ。すぐに厨房から現れた料理長は上地に目をやり、にっこりして言った。

「どう、うまかった。また、いらっしゃい。おいしいものつくる」

上地は無愛想な顔だった。それでも料理長は笑みを崩さす、東恩納に「ありがとうね。また、くるね」と言った。東恩納は手をあげてこたえた。

崎山はテーブルのレシートを取った。

上地は崎山の手からレシートを奪うようにして取りあげ言った。

「きょうで沖縄県知事と訣別することになるかもしれない。ここは私がもとう。会談の結果によっては、与党である日本共和党県総本部が知事の不信任案を出す。それでは」

上地は席を立った。

東恩納は頭を軽く下げた。

第十章　共同開発予備交渉

沖縄県庁十二階にある黒潮海流調査研究室はクロマグロ養殖計画の第二段階の作業に追われていた。クロマグロ養殖計画のスタートとなった嘉手納飛行場と嘉手納弾薬庫の即時無条件全面返還は、予測以上の衝撃波となった。その反動で予想しない知事の暴行事件も発生したが、ほぼシナリオどおりに進みメンバーの士気はあがっていた。

室長の豊平要は好きなたばこをくわえ、知事の東恩納寛英と総理の佐藤慎太郎との会談について、その大まかな内容をチェックしていた。そばには大城律子がいた。

豊平はＡ４サイズのレポート用紙に書かれた手書きの文章を読みながら赤ペンで線を引いていった。

「佐藤は返還について努力ということばを使うが、その頭に最大限を冠するかは疑問」

「当然ながら期間や規模については明言をさける」

「代案はキャンプ・ハンセン演習場の返還とみられるが米海兵隊が難色を示し無理」

「残るは沖縄振興策への金のばらまきとなる。知事は明確に拒否」

「会談は次の予定も立てられず決裂」

大城が言った。

「内容はほぼそのとおりになるでしょう。問題は会談の内容をどこまで県民に知らせるかです」

　豊平は赤ペンを置いて言った。

「私たちの計画からするとすべて公表するのが望ましいのでは」

「そうです。経過を含めてすべて公表すべきです。ただ会談が決裂するとその中身についてはふれないことが原則ではありませんか」

「政府は会談の中身を公表することが政府にとって有利か不利かで判断しているだけだ。今回の会談については公表すると思うが、公表しなくても積極的にマスコミに漏らしていくだろうね」

「そういうことになりますかね。政府は公表をさけて説得を続けるということには？」

「それは知事の対応にかかっている。佐藤も政権をかけて説得にあたるだろうから知事の対応も非常にむつかしくなる。柔軟な姿勢を少しでもみせると負けだ。知事が順を追って次々と出される提案をきっぱりとはねつけていく。そうなると政府は世論を味方につけるしかなく、会談の中身を公表する」

　大城は表情を緩めて言った。

「そうなるとこちらの手間ははぶけ、計画の第二段階は成功をおさめる。そうですね」

　豊平は笑みを返したが、その笑みはつくったものだった。暴漢に襲われた知事の東恩納寛英が佐藤の攻勢にどこまで耐えられるのか。佐藤は沖縄からあがった火の手を消せなければ政権の座を追われることはわかっている。命乞いをするかもしれない。それをはねつけられるのだろうか。それと国家安全情報局の動きが気になる。暴行事件を名目に捜査本部を設置した。明らかに嘉手納の即時無条件全面返還には裏があるとみての捜査本部設置だ。こちらの計画が察知でもされると、会談における知事のかたくなな姿勢も読まれ、絶対に突き放すことはしない。不安が脳裏をかすめていた。

豊平のデスクの電話が鳴った。

大城が取った。

相手は中国に派遣した真栄里太平だった。

「真栄里さん。いま北京ですか。いいなあ。こちらはちょっとした出来事があって忙しい日々ですよ」

「知事が暴漢に襲われたんでしょう」

「中国でもニュースで流れたんですか」

「インターネットですよ。沖縄関係の情報は欠かさす入手しています」

「感心、感心」

「あすはいよいよ会談ですね」

「ちょっと待ってくれますか。室長とかわりますので」

豊平は盗聴が気になっていた。電話をかわる前に、大城に盗聴防止が作動しているか確認させた。大城は指で丸をつくった。

　豊平は明るい声をつくった。

「ご苦労さん。いまホテルかね」

「そうです」

「そちらの電話は安全か？」

「中国のことですから外にかける電話はすべて筒抜けになっていると理解したほうがよいのではないですか」

「そういうことか。それで沖縄からの芸能交流団の受け入れ態勢は？」

「中国は沖縄の芸能に非常に関心をよせています。北京での公演には国務院の幹部や各委員会の代表らも姿を見せることになっています」

「万全ということだ」

「そうです。万全です。あとは沖縄側の態勢です。中国としては沖縄の芸能のすべてを観賞したいそうです」

「やっぱりそうか。中国側としても沖縄の芸能がすべてそろわないことには公演の意味がないわけだ」

「そのとおりです。一つの演目でも欠けると意味がないし、公演を中止すると言っています」

「わかった。知事が団長として中国に乗り込む芸能交流団だし、沖縄芸能のすべてをお見せできると伝えてくれ」

「中国側はよろこびますよ。これで私もより多くの幹部に、自信をもって声がかけられます」

「ではよろしく頼む」

豊平は真栄里からの電話でこころのときめきを感じた。脳裏をかすめた不安は吹き飛んでいた。中国との予備交渉は成功した。中国に留学した経験をもつ知事の東恩納寛英と同じく留学経験のある真栄里太平の二人の人脈をフルに使ったとはいえ、予想以上の早さで中国を取り込めた。次はアメリカだった。

豊平はアメリカ班の大山美紀を呼んだ。

大山は琉球大学を卒業してアメリカに渡り、ワシントンＤＣにある法律事務所で五年間勤め、家庭の事情でやむなく沖縄に戻った。二十八歳になる。独身だった。豊平がクロマグロ養殖計画のために知事に頼み、臨時職員として採用した。

大山は一メートル七十センチちかい長身のうえにハイヒールを履くため、デスクの前に立たれると見上げるしかなく、豊平は大山用のいすまで備えてあった。

大山はいすに腰かけると足を組んでノートを広げ、メモの準備をした。

豊平は言った。

「いま中国の真栄里君から電話が入った。中国との予備交渉は成功した。条件は一つ、沖縄からの米軍基地を含むすべての基地撤去だ」

　大山はメモを走らせながら言った。

「予想どおりでしたね。中国はクロマグロで動くと信じていました」

「そこでアメリカだが、中国と沖縄の予備交渉をまともに受け取るかね」

「受け取ってもらうようにするのが私の役目ですし、中国同様にアメリカを動かさないとクロマグロ養殖計画は成功しません。当たり前ですが」

「アメリカとの話し合いの突破口は計画にあるとおりでいいわけだ」

「いいと思います。尖閣諸島でのクロマグロの養殖事業を沖縄と中国とで共同で行うことになった。中国は共同事業を実施するにあたって沖縄地域の非武装化を条件としている。沖縄の未来のために基地の撤去をお願いしたい」

「話に乗ってくるかね」

「アメリカをテーブルにつかせるにはアメリカの利益になることを言えばいいのです。クロマグロ養殖計画にはアメリカの利益になることがたくさんある。中国が沖縄と手を結び、手出しをしないとなれば沖縄にある日米の基地がいらなくなる。日米にとって膨大な軍事費が削減できる。それだけでも十分ですが、私たちにはまだアメリカの利益につながる案がある。アメリカは必ず話に乗ります」

「アメリカはクロマグロの養殖事業に疑問を挟まない」

「挟みません。アメリカが欲しているのは中国が牙をむかないという保証だけです。沖縄がその保証を取り付けている。それだけでいいのです」

豊平は大山に絶大な信頼を寄せていた。クロマグロ養殖計画がスタートして以来、すでにワシントンの法律事務所にいたときの人脈をいかし国務省や国防総省の高官に接触をはかっていた。それにアメリカ工作のカギを握る経済人とは親密に連絡を取り合っていた。

豊平は言った。

「あすの首相との会談はそれほど重要ではない。中国との交渉がまとまったら直ちに連絡する。それから本格的に動いてもらう。久しぶりのアメリカで胸が高鳴っているのではないかね」

大山はえくぼをつくり席を立った。

第十一章　会談

正午ちかくに降りだした雨は昼食会が終わるころには路面をたたきつけるまでになっていた。

一足先に会場を出た黒潮海流調査研究室の崎山隆はホテルのロビーで雨をながめながら沖縄県知事の東恩納寛英を待っていた。情報収集を目的に知事秘書の肩書を即席でいただき、はじめて出席した政府首脳との昼食会は料理の味をはるかに超える苦痛を味わった。知事への暴行事件は、総理が一言「大変でしたね」で終わり、美辞麗句が飛び交った。沖縄県民への讃辞、政府への称讃、苦言は一つもなく褒め讃えあっていた。皆にきかせてやりたかった。その場に何分いられるか、格好の賭けの対象だと思った。

「崎山君」

東恩納の呼ぶ声がきこえた。

崎山は秘書であることを忘れていた。ロビーで東恩納を待っていたのも秘書としての役目をはたすためだった。

崎山は東恩納のもとに駆け寄ろうとしたが、ときすでにおそく報道陣の輪にはねかえされた。

東恩納は立ち止まって報道陣の質問に丁寧にこたえていた。

「総理に嘉手納を返していただけませんかとお願いするだけです」

「即時、無条件、全面という要求を変更することはありえますか？」

「ありえません」

「即時、無条件、全面という要求には取り引きが画策されているとの指摘もありますが？」

「会談が終わればわかることです。政府にお許しいただけるのであれば会談の内容を公表するつもりでいます」

報道陣の輪がとけた。

崎山は「すみませんでした」と頭を下げた。

東恩納はほほえんで言った。

「にわか秘書は大変でしょう」

崎山はまた頭を下げ言った。

「室長から連絡がありました。会談の内容は公表するのがのぞましいとのことでした。知事も公表するつもりのようで安心しました」

東恩納はうなずいた。

「知事、車がきました」

振興政策部長が出口ドアの前で傘をさし呼んでいた。

東恩納が傘に入ると振興政策部長は耳もとでささやいた。

「知事、政府との信頼関係が何よりも大切です。決裂という事態だけはさけていただけなければ」

東恩納は無言で車に乗り込んだ。


総理の佐藤慎太郎はいすに腰掛け、報告書のようなものに目をやっていた。東恩納が入ってくると眼鏡をはずし報告書のようなものを閉じた。それを後ろにある机に置くと、いすを立って自分のそばのいすに右手をさしのべ招くしぐさをした。身長は百七十センチ足らずではあったが、体型は肥満にちかく、それ以上に大きく見えた。やせて、小さい東恩納がさらに小さく見えた。

佐藤は笑顔をつくって言った。

「昼食会なんてつまらないものですね。料理を味わうことができない。すこし時間が経つとどんなメニューだったかさえ忘れてしまう」

佐藤は東恩納が昼食会でほとんどはしに手をつけず、笑顔一つみせなかったことへの気配りの第一声を放った。

東恩納は二倍の気配りをみせることにした。

「総理という最高のポストに就かれてもつまらない役回りがおありのようで演技にはご苦労されるでしょう。お気持ちは察してありあります」

佐藤は苦笑いをみせた。

東恩納は受け身でよかった。相手の攻めに対し丁寧にこたえ、ミスをおかしさえしなければ会談はすぐに終わると思った。

佐藤は言った。

「沖縄も国際都市らしくなりましたでしょう。デジタルアイランドとしても軌道に乗ってきたときいていますし、普天間の飛行場跡地に亜熱帯の農業研究所も完成したとの報告をうけました。亜熱帯地域の農業をあらゆる角度から研究する施設のようで、きっとアジアの農業研究の拠点となりますよ。沖縄県の国際都市構想というのはスタートしたときには構想自体が壮大すぎてどうなるかと思いましたが、いまになってみるとすばらしい構想でしたね」

「政府の沖縄に対する特段の配慮のおかげです。やっと一つ芽だしができました」

佐藤は東恩納が話を切断してくることに気づいたはいたが、攻めるしか手はないと思った。

「国際都市構想では嘉手納飛行場の地域はどうなっていましたかね？」

「飛行場をそのまま活かして国際級の観光文化都市を目指します」

佐藤は東恩納がこのあとことばを続けると期待したがそこまでだった。

「観光文化都市にするには蓄積が大事ですよ。一つひとつ積み上げていく。その実績が五十年、百年先に実を結ぶ。一番大切なのは長期的展望に立ってものごとを進めていくことです。知事もそのことはよくおわかりでしょう」

東恩納はうなずいた。

佐藤は少しずつではあったが声のトーンをあげていた。

「嘉手納の返還も長期的展望のもとで取り組んでいきましょう。いずれ返ってきます。それまでに嘉手納を包囲するような文化施設をつくっておきましょう。そのためなら政府もできるだけのことはいたします」

「政府にはことあるごとに特段の配慮をいただきました。沖縄がここまで発展してこれたのは佐藤総理をはじめとする歴代総理のご尽力のおかげだと感謝したしております」

佐藤は話の糸口がみえたと感じた。

「沖縄の復帰からこれまでの間、政府は沖縄の悲惨な戦争体験と、その後の米軍支配下における数々の迫害、さらに復帰後も続く基地被害に対し、どのようにこたえていくか腐心してきました。歴代の総理は、政権を引き継ぐにあたって『沖縄をよろしく頼む』との申し送りを忘れませんでした。それがかならずしも沖縄県民の期待にそっていたかは疑問符がつくでしょう。ただ、沖縄のこころにふれようと努めたことにはうそはありません」

東恩納は佐藤の本格的な攻勢がはじまったと思った。政府がいかに沖縄の発展に貢献してきたかをとうとうと語るに違いない。これはきくに耐えないのだ。こちらから止めに入るしかなかった。

東恩納は言った。

「確か一九九六年でしたね。佐藤総理もしかするとなにかの協議会や懇談会、懇話会、委員会の政府メンバーではなかったのですか。ありとあらゆる組織が立ち上がって。あのときの政府の取り組みたるや、すさまじいの一言でしたね。私は小さな環境保護団体の研究員でしたが、団体役員からなんでもいいから企画書を出してくれといわれました。理由をきくと政府が金をくれるというんです。わけがわからないので新聞を広げてみると、これをやれば沖縄がよくなるという事業や構想が紙面に入りきれないほど列記してありました。おどろきでした。よくもこんなに沖縄のために考えてくれている。それから新聞を見るのがたのしみでした。沖縄はどんなこともできるし、なんにでもなれると。九六年から九七年にかけての政府の誠意は一生忘れません。ほんとうに沖縄県民に夢をあたえてくれてありがとうございました」

佐藤はすぐにことばを返してきた。

「私もあのときは沖縄振興の政府委員の一人でした。沖縄のお役にたてるよう頑張りましたが、成果と言えるものがあったのかどうか」

会話は止まった。

　東恩納の話の切り口は功を奏した。

佐藤はいすを立って腕組みをした。二、三歩横に歩き、東恩納に振り返りながら言った。

「即時無条件全面返還というのは酷だ」

今度は二、三歩前に歩きながらつぶやいた。

「アメリカ、アメリカ」

佐藤はいすに戻った。東恩納の目を見て言った。

「知事、どうしてほしいのですか」

佐藤のことばの調子が一転して詰問調に変わった。

東恩納はこたえなかった。

「基地の整理縮小は進んでいる。沖縄の振興策も進んでいる。沖縄も少しくらいは政府の努力にこたえてくれないと困ります」

東恩納は頭をかたむけ、腕を組み、困った表情をつくった。

「嘉手納はアメリカのアジア戦略、日本の防衛にとっても極めて重要な基地だ。沖縄のものごとの次元でははかれない。そもそも即時無条件全面返還という発想に愚かさを感じる。そうではないかね。知事」

東恩納はうつむいてみせた。

「あんたがこんな愚かな考えをするとはどうしても思えない。何かの策略に乗っているのであれば、いますぐおりるべきだ。成功するはずがない」

東恩納は一瞬、頭をあげた。視線の先には佐藤のにらみつけるような眼があった。佐藤はわかって言っているのだろうか。勘づいたのか。さぐりを入れる必要があった。

東恩納は言った。

「嘉手納を返していただけませんか」

「返さないとは言っていない。相手があることだし即時無条件全面返還が無茶だと言っているのですよ。わかってもらえないのですか」

「そういう要求でもしないと政府は動かないではないですか」

「基地問題は一朝一夕にはかたづかない。沖縄県知事ともあろう人がその程度のことはよくご存じでしょう」

「すると嘉手納はいつ返るのでしょう」

佐藤はまたいすを立った。二、三歩横に歩いた。ターンして二、三歩歩いて、もとに戻った。いすに座って言った。

「返還に努力する、という表現ではだめなのかね」

東恩納はこたえなかった。佐藤はいまのところ即時無条件全面返還を阻止することだけで精一杯なのに違いない。

「即時、無条件、全面のどちらかをはずす。どうです」

「返還さえ明らかにしないのに条件を話し合ってもむだではないでしょうか」

「返還は当然だ。ちかい将来としか言えないが。ただ返還を前提に話し合うとしたら条件面がどうなるのかをきいているだけだ」

「この三つの条件をはずすわけにはいきません。それぞれに極めて重要な意味がありますから」

「あんたは嘉手納のことがわかっているのかね。嘉手納を動かすには期間は少なくとも十年、経費は十兆円を超えるのだ」

「政府は動かすことを考えるから膨大な経費が必要となるのです。無くせばそれほどの経費はかかりません。普天間でもおわかりのように整理縮小は膨大な金を食う。普天間の代替海上へリポート基地にいくらつかいましたか。三千億円は超えているでしょう。そんなことばかりしていると国民も県民も政府を見放しますよ」

東恩納は会談の目的を忘れかけていた。説教ではなく政府からあらゆる代案や譲歩案を引き出し拒否することにあった。

東恩納は佐藤がこたえる前に言った。

「政府は嘉手納をどうするおつもりですか。アメリカが撤退すると日本国防軍がつかう。そういうことになりますか」

佐藤は怒って言った。

「アメリカ政府とこちらが決めることだ」

佐藤はすこし間をおいた。

「キャンプ・ハンセン基地の返還を考えたことはあるかね。アメリカ側を納得させるだけの根拠をもってだよ。それに緊急性が伴うとなおいい」

東恩納は代案とわかっていたがきいた。

「キャンプ・ハンセンを返していただけるのですか」

「アメリカをテーブルにつかせるだけの材料があるか、ないか？」

「沖縄のすべての基地の返還には十分すぎるほどの根拠があります。キャンプ・ハンセンは実弾を使った演習が日常的に行われ、演習による山火事、民間地域への流弾事故など返還には緊急性が伴っています。県の返還リストの最上位に位置づけてあり、返していただけるのであれば佐藤総理の評価は一気に高まります」

佐藤は思案顔で言った。

「まずキャンプ・ハンセンの返還をまとめる。そのあとに嘉手納にとりかかる」

東恩納は頭を横に振って言った。

「代案は受け入れられません」

「緊急かつ基地被害の面からすると嘉手納の返還よりキャンプ・ハンセンの方が得策ではないのかね。代案としては県民を納得させるに十二分だと思われるが」

「総理、代案というのはこちらにとって同等かそれ以上をいうのです。嘉手納と同等かそれ以上を要求します」

佐藤はいきなりいすを立ちうしろを向いた。怒りを抑えているようだった。間をおいて振り向き言った。

「どうしてほしいのかね。嘉手納の即時無条件全面返還には応じられない」

東恩納もいすを立ち、佐藤を見据えて言った。

「終わりましょう」

佐藤は座った。歯をくいしばっていた。東恩納が歩きかけると、いすの方に手を差し延べ、座るようにうながした。

東恩納はここで終わる気はなかった。ゆっくりと座った。

佐藤は言った。

「普天間のときは確か返還プラス五十億だった。嘉手納はいくらになるかな」

東恩納は独り言だと理解した。

「沖縄県の人口は百五十万人、知事、そうでしたな」

東恩納はうなずいた。

「県民一人当たり一万円で百五十億、少ないかね」

東恩納はきかないふりをした。

「返還に『最大限に努力する』プラス一千五百億円でどうかな」

東恩納は言った。

「金の問題ではありません。普天間のときの五十億は結局、本土に吸い上げられたようなもので、金の話はよしましょう」

佐藤はここまでという感じで声をはりあげた。

「沖縄はやっかいだ。何かあると悲惨な戦争、何かあると占領の苦しみ、何かあると基地被害、うんざりする。自助努力に欠けているのは棚上げして、要求だけは人一倍だ。正直言って、面倒はみきれない」

東恩納は頭を下げて席を立った。

第十二章　沖縄アイデンティティ

　黒潮海流調査研究室の平良麻美はいつものように午前八時すぎに首里の坂下駅からモノレールに乗った。車内は相変わらず通学、通勤客で混み合っていた。駅に停車するたびに乗客の出入りで背中や肩をぶつけられ、後ろを振り返っては相手をにらみつけていた。ところが後ろを振り返るたびに、二人の男と視線が合った。久茂地駅で下車して県庁舎のドアを開けるまで、振り返ると視界のなかに二人の男がいた。

　室の入ってきた平良は開口一番「変な男たちにつけられていたみたい」と言った。室では室長の豊平要と大城律子、仲宗根智明、島袋和博がいた。室員の真栄里太平は中国、崎山隆は東京、大山美紀は昨夜のうちにアメリカに向かっていた。

　新聞をコピーしていた大城律子は手を休め言った。

「つけられるような悪いことでもしたの」

「国家安全情報局の連中ではないかと気になって」

　島袋はファックスの受信文を整理しながら言った。

「国の調査機関に尾行されることは名誉のことですよ。国家を左右する重要人物ですから」

　豊平はデスクで新聞を広げ、会談の内容を伝える記事をチェックしていたが平良の一言が気になっていた。国家安全情報局は黒潮海流調査研究室の存在と業務の内容についてすでに情報を入手しているに違いないと思った。

豊平は言った。

「会談内容の検討に入ろう。手分けしてチェックを終えた報道関係資料を集めてくれ」

豊平は新聞の束を手に、いすを立って隣室に向かった。

大城は新聞記事のコピーを手に隣室に入り仲宗根、平良、島袋があとに続いた。

十人ほどがかけられる会議用のデスクはメンバーの三人が欠けていたのでがらんとしていた。

豊平は皆が席に着くと顔をこわばらせて言った。

「平良君の出勤途中のできごとは皆も注意してほしい。国家安全情報局はあらゆる方法と手段をつかい情報を集める。知事の暴行事件はマスコミもそう大きく取り上げたわけではなく、政治的な背景のないことはわかっている。国調の捜査の目的は嘉手納にある。即時無条件全面返還の裏には何かあるとかぎつけたに違いない。それぞれが連絡を取り合い、行動には細心の注意をはらってくれ」

皆の表情がかたくなった。

豊平は続けた。

「会談は知事の頑張りで成功した。マスコミの報道はほぼ一貫して沖縄批判である。

大城君に整理して報告してもらう」

　大城は座ったままで、レポート用紙に目を向けながら報告をはじめた。

「まず会談そのものに対するマスコミの反応ですが全体的に政府を擁護しています。沖縄に対しては批判的な記事が目につきます。『沖縄、政府提案をいっさい拒否』の見出しが大半で、『沖縄の願いとどかず』というのは一社だけでした」

　大城はレポート用紙をめくった。

「政府擁護の背景ですが、政府は現状での最大限の努力を払ったというのが論調です。軍事評論家のコメントなどは、米海兵隊基地のキャンプ・ハンセンを返還するという代案は政府にとって最大限の譲歩で、沖縄側は代案をのむべきだと主張しています。振興策への一千五百億円の提案も、政府の苦しい台所事情からすると予想をはるかに超える額で、沖縄は大魚を逸したという経済評論家もいます」

　豊平は言った。

「報道内容からすると、知事の発言内容よりも政府側の言い分を多く取り上げているということだ」

「そういうことになります」

　大城は続けた。

「沖縄側への批判ですが、知事が即時無条件全面返還を発表したときと同様で、即時無条件全面返還に向けられています。一言でいうと荒唐無稽だとの指摘です。返還の二文字には好意的な意見もみられますが、即時無条件全面という要求には納得できないとの論調です。識者コメントには『基地におぼれた沖縄』とか『基地で食えなくなる沖縄』の見出しがついているのもあります。要するに基地を口にすれば何でもできる、やってもらえるという従来の考えはもう通用しないし、やめなさいと言っています」

平良がつぶやいた。

「冷たいですね」

仲宗根は吐き捨てるように言った。

「いくらほしい、ときいてくるのは政府であって、こっちではない。なにが識者だ」

メモを取っていた島袋はボールペンを投げ出して言った。

「どうして基地を何かに置き換えたり、金に換算するのですかね。頭にきますよ」

大城は言った。

「飼いならされたからです。沖縄が」

皆、黙った。皆、飼いならされていると思った。確かに何かにつけ代償をえていた。こちらからではなくても、出されたものは不満はあったが遠慮なくいただいていたような気がした。

豊平は地元紙を手にして言った。

「県民の反応はどうなっている」

大城は何枚かの新聞のコピーをひろげて言った。

「評価はわかれています。どちらかというと、知事への評価より佐藤総理への評価が高いようです」

「県民はなんと言っているのかね」

「佐藤総理は沖縄のことを考え、精一杯の歩み寄りをみせてくれている、との評価が一般的です。具体的には一千五百億円が効いているようです。一つ、二つ読み上げましょうか」

大城はひろげた新聞のコピーのなかから二、三枚を取り上げた。

「県民の声ですが、『金額は問題ではない。総理がそこまで沖縄のことにこころを砕き、何かしてやりたいという気持ちがうれしく、涙がでた。それにこたえようとしない知事は許せない』。それと『沖縄がここまでやってこれたのは政府の特別の支援があったからである。政府が金の話を持ち出すときたないという言い方をする人たちがいる。そういう人たちは沖縄の現状をまったく理解していない。嘉手納はいずれ返還になるわけで、政府が譲歩案として沖縄の振興のために金を与えてくれるというのであれば、よろこんで受けるべきだ。沖縄はまだ独り立ちはできないし、基地と共存しなければ生きていけないということを認識しなければならない』。だいたいこんなもんです」

平良がまたつぶやいた。

「かなしくなりますね」

豊平は言った。

「知事の評価の声は」

「これも読み上げることにしましょう」

大城はひろげた新聞のコピーをえりわけた。

「知事への評価というよりも、おおかたは政府への批判です。ちょっと過激な意見としては、『政府は基地の返還そのものについて耳をかそうとしない。すぐに日米安保の重要性を説き、整理縮小に話をすり替え、新たな代替基地を建設したり、統合強化していく。沖縄にとってがまんできないことであり、今度の嘉手納の即時無条件全面返還はいっさいそのようなことがないよう知事に頑張ってほしい。政府が沖縄をねじ伏せようとするのであれば、知事は日本との訣別を視野に入れて戦うべきだ』。このような主張で、日本の枠内では問題の解決は図れないとする意見はごくわずかです」

「日本への復帰が間違いだったと指摘する意見はないのかね」

「ありますが、例のように復帰を問いなおすという程度です。ほとんどが復帰世代の中高年者で懐古的な意見で占められています。復帰を問い、今日の状況を分析、沖縄の将来について意見を述べているのはみつかりませんでした」

豊平はたばこに火をつけ、ため息をつくようにふかく吸い込んだ。まだ機は熟さないのかと思った。会談は予想以上の成果だった。知事は政府案を一切拒否、佐藤総理に「沖縄はやっかいだ。面倒はみきれない」とまで言わせた。その発言は報道されてはなかったが、県民はもっと怒るはずだった。それなのに。

豊平は言った。

「それではこれまでの経過と今後の見通しについて話し合いたい」

大城はひろげたコピー用紙を片づけながら言った。

「知事が中国との交渉を成功させ、大山さんがアメリカとの話をまとめても県内の情勢はきびしいと思います」

「まだ意識としてはそこまでいっていない」

「そうではないのですか」

平良は言った。

「県民の怒りは発火点にまで達していると思います。あと一つ何か起これば燎原の火のごとく燃え盛ります」

島袋は首をかしげながら言った。

「一番の効果は事件や事故の発生ですよね。こちらから仕組むというわけにはいきませんし、むつかしいですね」

皆、考え込んでいた。日本と沖縄がより対立を鮮明にする策とはなにか。

仲宗根が立ち上がってうわずった声で言った。

「ウチナーチュが本気になって怒ることって何ですか。基地問題以外にですよ」

皆、とっぴな問いにきょとんとした。

仲宗根は言った。

「ウチナーンチュは怒りませんよね。アイデンティティとかプライドとかは持ち合わせていないのですか」

豊平は仲宗根が問いかけるまで、そんなことを一度だって考えたことはなかった。いつも沖縄の現状に怒っていた。政府の対応に怒っていた。日常のくらしのなかでウチナーンチュとして傷つけら、怒ったことはなかった。自分自身のこととして置き換えても何も思い浮かばない。

大城は思いついたかのようにして言った。

「仲宗根さんが言っているのは人類館事件のようなことですか」

仲宗根は問い返した。

「なんです人類館事件って」

平良も島袋も首をかしげていた。

「クロマグロ養殖計画のメンバーとしては勉強不足ですね。ウチナーンチュが見世物にされた事件です」

平良はまったく飲み込めてない表情で言った。

「ウチナーンチュが見世物ってどういうことですか」

大城は豊平に目をやって言った。

「室長、確か一九〇三年でしたよね。大阪で政府主催の博覧会が開かれて、会場周辺には見世物小屋が立った。その一つに『学術人類館』という小屋があって、そこで琉球人が見世物にされた。朝鮮人やアイヌ人、台湾高山族などと一緒に」

平良は信じられないという顔をしていた。

島袋は怒って言った。

「本当にあったことなのですか、作り話をしているのではないですよね」

豊平は仲宗根の問いがとけたと思った。ウチナーンチュとしての怒りがなくなったのは日本人に完全に同化してしまったせいなのだ。

豊平は言った。

「いま島袋君が『人類館事件』に怒ったように、ウチナーンチュがヤマトゥーに何かされたり、言われたりして怒ったことはないのかね。いまの生活のなかでだよ」

平良は言った。

「私は大学時代にはよく言われましたよ。ウチナーンチュは時間を守らないとか、怠け者のくせがあるとか。それはあまり気にもなりませんでした。逆にヤマトゥーにはない気質として誇りにしましたよ」

島袋は自分に問いかけるようにして言った。

「人類館事件には怒りましたが、ウチナーンチュとして何をされたり、言われたりしたら頭にくるかときかれても怒るものがみつからないのです。どうしてでしょう。平良さんが言ったように、もし怠けくせやルーズな面がウチナーンチュの気質だとしたらそのことで怒る気はあまりしません。そんな性格的なことではなくて、何か神の領域をおかす的な、よく宗教的な対立で戦争になるようなこと、そういうことで怒るものがないのかということですよね」

皆、また考え込んでしまった。

豊平はたばこをくわえ、大城はボールペンを指でまわしている。

話のきっかけをつくった仲宗根は天井をじっと見上げ、平良はうつむき、島袋は頭を抱えている。

豊平はたばこをおいて言った。

「いまここでどうこうしようという話ではない。島袋君が言ったようなことで県民が怒り狂うこと、そんなものを見逃さないでおこうということだ。日常のささいなことで県民のこころに火がつくことだってある」

仲宗根がまた立ち上がり、うわずった声を出した。

「うちの姉なんですが、ユタコーヤーしてヤマトゥーの夫に捨てられたのです」

平良は怒った表情をみせ言った。

「それがどうかしたんですか」

「ユタというのは沖縄の民間信仰にとって大切な部分ですよね。それを何もわからないヤマトゥーの夫がばかにしたんです。姉は子供が病気がちだったので母のすすめもあってユタに相談に行った。ユタが言うには、祖先への供養が足りないそうで、姉と母は拝所などをめぐった。するとその子の体調がよくなって、それから姉は何かあるとユタのところへ行くようになった。それを夫は金の無駄遣いだとか、でたらめなことに惑わされるなとか言って、結局姉は離婚させられた。頭にきませんか」

平良は納得できない顔で言った。

「ユタは悪いとは言いませんが頼りすぎるのもよくないと思います」

「それはそうですが、沖縄の神事や慣習をばかにするのは許せないでしょう。平良さんは女性としてそれだけのことで離婚でもさせられたら怒りませんか」

「結婚なんてする気ありません」

皆に笑みがこぼれた。

豊平は言った。

「ユタがばかにされたことで県民が総決起するとは思えないが、要するにそういうことなのだ。日本人に同化してしまってはいるが根のところで違う。それを見つけ出したら県民をこちら側に引き寄せられると思う」

大城は腕時計に目をやり言った。

「知事の会談を受けての情報分析が変な方向に進んでしまいました。でも大切なことを話し合ったわけで、どんなささいなできごとでもいまのような視点でもって見逃さないようにしてください」

豊平は言った。

「知事が中国で本交渉をまとめ、大山がアメリカの支持を取りつけたら一気に走る。それまでにこちら側の態勢を万全にしておきたい。よろしく」

第十三章　沖縄伝統芸能交流団

天安門近くに完成したばかりの北京市コンベンションセンターは十万人収容の開閉式の屋根をもつ建造物で、他を威圧するかのように建っていた。設計管理はアメリカがあたり、米中の経済協力関係の象徴として注目されていた。

知事の東恩納寛英を団長とする沖縄伝統芸能交流団は、そのコンベンションセンターに隣接する劇場棟での第一回中国公演を間近にひかえていた。

北京市芸能家協会会長の張作良の案内で劇場棟会議室に招かれた東恩納は満面に笑みをたたえていた。五千人収容の劇場は満席で、入りきれない人たちがホールロビーにあふれていた。それに『沖縄伝統芸能交流団熱烈歓迎』の横断幕がいたるところに張りつけてあり、一行が動くたびに歓迎の拍手がわき起こった。

東恩納は会議室のソファーに腰を下ろした。中国に留学して以来の北京だった。中国とアメリカが経済関係で急接近をみせていることはマスコミを通して知ってはいた。しかしコンベンションセンターを目にしたとき、その接近の度合いは予想をはるかに超えていた。この中国の状況はクロマグロ養殖計画にとっては極めて好ましい環境にあり、計画は成功すると思った。

「知事、そろそろ開演です。舞台に上がりましょうか」

北京市芸能家協会会長の張が東恩納の肩をたたいて言った。

東恩納は背広の内ポケットから北京語のあいさつ文を取り出し、目をとおした。あいさつ文の大半は中国と琉球王国の交易の歴史についやしていた。沖縄が琉球王国であった時代に中国との貿易によって繁栄をとげ、あらゆる分野で影響を受けたことが綿々とつづられ、締めは友好ときずなのことばで彩られていた。

東恩納は張を見据え北京語で言った。

「中国側の熱烈な歓迎にこころから感謝いたします。会場は北京市民で埋まり、交流団としてもこれほどの観衆のなかで踊れることは誇りであります。沖縄芸能の神髄にふれていただけるよう精一杯やらせていただきます」

張は笑みを返し、先にどうぞとドアの方向に手を差し延べた。

東恩納はソファーを立ち、そばにいた黒潮海流調査研究室の真栄里太平に目をやった。

真栄里は一週間前に北京を訪れ、中国側の政府高官と接触、東恩納の交渉の段取りを終えていた。

東恩納は真栄里の耳もとで言った。

「あいさつを終えたらすぐに下がります。中国側に失礼のない応対を頼みます」

「わかりました。交渉はこの会議室になっています。まもなく中国側の代表がお見えになると思いますので、あいさつを終えましたらすぐにお願いします」

東恩納は足早に室を出た。

真栄里はソファーを整えた。中国側の代表は中国政府の副総理格にあたる国務委員の劉少東と国務院経済部部長の周恩奇の二人で、劉少東は外交を専門とし、周恩奇はアメリカとの経済協力に力を入れていた。

真栄里はノートをひろげ、交渉のポイントを確認した。中国側は沖縄からのすべての軍事基地撤去を交渉成立の前提条件としている。こちらとしては中国との交渉成立が先で、それを前提としないかぎり基地の撤去は不可能となるのだ。中国側を説得できるかどうかは東恩納の力量にかかっていた。

会場からのわれんばかりの拍手が響いたとき、会議室のドアが開いた。劉少東と周恩奇の二人だった。真栄里はすでに三度も接触、会釈を交わす程度で意思の疎通がはかれるまでになっていた。

真栄里はソファーに招きながら北京語で言った。

「知事はすぐにまいります。しばらくお待ちいただければと思います」

劉と周は笑顔をみせソファーに腰かけた。

劉が言った。

「沖縄の伝統芸能を鑑賞したいところですが、そうはいきませんか」

周は劉に目をやり言った。

「私も沖縄の芸能をたのしみにしていました。わが中国の影響を受けたとみられる舞踊や楽器が数多くあるときいていましたので中国と沖縄の交流の歴史を学ぶうえからも鑑賞したいと思っていました」

真栄里は言った。

「今回はこのような事情で鑑賞できなくなりましたが、ちかく沖縄にご招待いたしましてじっくりと沖縄芸能にふれていただけるようにします」

劉と周は顔を見合わせ、笑みを浮かべた。

周は真栄里に北京コンベンションセンターの印象をきいた。

真栄里はことばをさがし言った。

「紫禁城の現代版ともいえるデザイン、世界一の規模と機能、経済大国中国を象徴するにふさわしいすばらしい建造物です。アメリカとの共同設計、施工管理という点で世界の注目を集めたわけで、米中の経済協力の良好な関係を内外に示す建物といえます」

劉と周がまた顔を見合わせ、笑みを浮かべたときドアが開き、東恩納が入ってきた。

劉と周はソファーを立った。

東恩納は劉の手をしっかりと両手で握り頭を下げた。次に周の手をしっかりと両手で握り頭を下げた。なんとしてもこの交渉をまとめたいとの意思表示だった。

劉は言った。

「中国政府を代表して東恩納寛英知事をこころから歓迎いたします。今回の沖縄伝統芸能交流団の来中は、沖縄と中国との友好関係をより強力かつ緊密にするものであります。東恩納寛英知事は沖縄伝統芸能交流団の団長としての重責を担う一方で、わが国の経済発展にかかわる重大な提案を携え来中されており、提案を受け入れるべき最大限の努力をはらうつもりであります」

劉は手をたたき、合わせるように周、東恩納、真栄里が拍手をした。

周は言った。

「わが国は琉球と長年にわたる交易の歴史があります。琉球は王国の時代には交易をもって万国のかけ橋となる国でありました。今回の東恩納寛英知事の来中が琉球の時代への回帰とならんことを願っています」

周は手をたたき、合わせるように劉、東恩納、真栄里が拍手をした。

東恩納は劉と周に目をやり北京語で言った。

「中華人民共和国国務委員の劉少東閣下、国務院経済部部長の周恩奇閣下にお目にかかれ光栄に思います。中国と沖縄の関係はその歴史が示すとおりよき隣人であります。琉球王国の時代から今日に至るまでに培われた友好のきずなは決して断たれることはなく、未来永劫にわたってより強固なものとなりえるでしょう」

東恩納は手をたたき、合わせるように劉、周、真栄里が拍手した。

劉は東恩納にソファーに腰かけるよううながした。

劉が座り、周が座り、東恩納が座った。真栄里は東恩納のそばのいすに腰かけた。

劉は東恩納を見つめ言った。

「嘉手納のことはここにも伝わっています。わが中国にとっても重大な関心事です。日本政府は返還に動きますか」

東恩納は言った。

「嘉手納の返還はありません。日本政府は沖縄の価値を国防上の観点でしか認めていません。嘉手納基地を含め沖縄県内にあるすべて軍事基地はすでにその地域社会のなかに組み込まれ、なくてはならない存在にまでなっています。現状からすると基地の撤去は不可能な状態といえます」

周がきいた。

「アメリカは沖縄の基地をどうみていますか」

「アメリカはできることなら撤収したと考えています。常にアメリカ側で論議となるのは、なぜ日本の防衛を肩代わりしなければならないかということです。今世紀に入ってからも日本とアメリカの貿易収支は、日本が四百億ドルの黒字を出しています。

アメリカ国民としてはどうして四百億ドルもの債権国である日本の防衛を債務国であるアメリカが肩代わりしなければならないのか。この疑問は当然です。しかし、アメリカとしても日本の軍事力が気になるところです。嘉手納を含め沖縄の基地のすべてを日本国防軍が使用することになればアジア諸国の脅威にもなり、好ましいこととは思っていません。日本国防軍も過去の日本軍のイメージを払拭できずにおり、嘉手納の移駐にはちゅうちょするでしょう。これらの情勢は貴国の対応一つでまったく新しい状況へと変化します」

劉は言った。

「わが国はいかなる国や地域にとっても脅威ではない。アメリカ軍と日本国防軍が沖縄から出ていくのであれば中日米の関係は極めて良好となるだろう」

東恩納は言った。

「アメリカにとって貴国は脅威であります。日本にとっても脅威であります。その脅威を取り除くためにクロマグロの共同開発事業を提案したいと思います。沖縄と貴国が共同で釣魚島海域の開発にあたる。そうすることで貴国の脅威をなくし、沖縄の基地を撤去する。アメリカも日本も膨大な軍事費の削減につながり、いずれの国にとっても利益となります」

周は首をかしげながら言った。

「わが国との共同開発事業だけでアメリカや日本が基地の撤去に動きますか」

「それには貴国の強力な外交が必要となります。アメリカに対しては経済協力関係を全面に打ち出し、沖縄を非武装地域にし、経済的に活用すべきだとの提案をしていただく。日本に対しては貴国とアメリカとの友好関係を盾に、沖縄の解放を求める。沖縄の未来はそこにしかありません」

劉と周は顔を見合わせていた。

東恩納はクロマグロ養殖計画が現実のものになりつつあることを実感していた。日米中の三国にとって不利益になることはなにもない。強いて挙げれば日本だけの問題で、日本政府だって厄介な金食い虫の沖縄を切り離したいと思っているに違いない。

周がきいた。

「ところでクロマグロをよく発見できましたね。わが政府も釣魚島海域は徹底的に調査しました。開発に値する資源はなかったとの報告を受けましたが」

「釣魚島海域の調査は日本政府も調査しました。その調査のほとんどは貴国政府と同様に海底油田でした。私たちは海底油田ではなく、鉱物資源を探査しました。釣魚島のごく近くに鉱床があったのです」

周は念を押すようにきいた。

「アメリカも日本もそのことは知らない」

「もちろんです。貴国との共同開発事業は釣魚島海域でのクロマグロの養殖です。海洋資源を活用し、未来にわたって漁業を育成、食料を確保する。クロマグロはあくまでクロマグロです」

劉は言った。

「それでは手順をお話いただきましょう」

東恩納は胸の高鳴りを感じていた。のどの渇きもあった。声がうまく出せなかったが、ことばを噛むようにして言った。

「この場でクロマグロの共同開発事業について承認していただきたい。それをアメリカに伝えます。アメリカは貴国に対し共同開発事業の真意と確認を求めてくるでしょう。その時点で沖縄の措置を議題に挙げていただきたい。アメリカ側への貴国の要求はただ一つ、沖縄からの一切の軍事基地の撤去です。貴国がアメリカとの経済協力を打ち出せば、アメリカは動きます。私たちは県民への対応、対日本政府との最後の戦いに挑みます」

劉はうなずいて言った。

「最後は沖縄県民の判断にゆだねることになりますね」

周は不安な表情をみせ言った。

「県民は大丈夫ですか。経済的な問題が大きくのしかかります。大衆というものは飢えに弱く、食のためなら簡単に思想を捨てます」

東恩納は言った。

「沖縄は日本という国に統合されて以来、犠牲だけを強いられてきました。沖縄県民はそのことを歴史で学んでいます」

「飢えを克服できますか」

「軍事基地と共存して危機のなかで生きるか、困窮にあっても自らの意思は自らで決定し平和のなかで生きるか。県民の選択は決まっています」

「経済を無視するわけにはいきませんよ」

「すべての基地が撤去できれば豊かになります。クロマグロもあり、基地の跡利用も壮大な計画のもとに進めていきます」

劉がきいた。

「壮大な跡利用とはなんですか」

「貴国とアメリカが沖縄の基地撤去で合意し、県民が自らの進路を決定する段階で明らかにしようと考えています。壮大な跡利用計画は日本の規制のなかでは実現できません」

「非常に興味があります。わが国にも利益をもたらすものでしょうか」

「貴国がこのままの経済成長を続ければ、貴国の人民にもたのしんでもらうことになるかもしれません」

　劉と周に笑みがこぼれた。

　東恩納は一瞬、夢のなかにいるのではと思った。基地のない沖縄が誕生する。それも自決権をもった沖縄が誕生する。目の前にいる劉と周は確かに中国政府の高官である。彼ら二人は沖縄との共同開発事業を承認し、アメリカに軍事基地の撤去を働きかける。アメリカはいまや経済大国中国の意向を無視できない。いま起こっていることは現実なのだ。

　東恩納は言った。

「クロマグロの共同開発事業を承認いただけますか」

　劉と周は顔を見合わせた。

　劉は言った。

「承認しましょう。ただし沖縄県民が他の選択をしたのであれば共同開発事業は破棄します」

　周は言った。

「ご健闘をお祈りします」

　東恩納は深々と頭を下げ言った。

「貴国の隣人によせるご厚情に感謝いたします」

真栄里は『クロマグロ共同開発事業』と書かれた二つの書面を東恩納に手渡した。劉少東と東恩納寛英が交互に署名した。

劉と周は顔を見合わせてソファーを立った。

東恩納は立ち上がり、劉と周の手を取り一つに合わせ言った。

「かならずや沖縄にお招きして新生沖縄をみていただくことになると思います」

劉と周は声を合わせて言った。

「たのしみにしています」

劉と周か会議室を出たとき、公演の第一部が幕を下ろし、通路には人だかりができていた。その人だかりをかきわけるようにして北京市芸能家協会会長の張が会議室に入ってきた。

張は東恩納の手を取るなり言った。

「すばらしい公演です。沖縄伝統芸能交流団はわが国との友好の新たな礎を築くことでしょう」

東恩納は目頭が熱くなるのをおぼえた。

第十四章　国家安全情報局

　国家安全情報局の野村正義は浮かぬ顔をしていた。沖縄県知事、東恩納寛英の自作自演と思われた暴行事件は何の進展もなく、犯人の中村幸夫にも裏はなかった。要求だけを突きつけて日本政府を窮地に陥れる沖縄の甘ったれた考え方が沖縄県出身者としては許しがたく、暴行に及んだという単純な動機だった。それよりも目の前にいる沖縄県知事暴行事件捜査本部の本部長、井上裕之の捜査報告に頭を悩ませていた。

　井上は言った。

「計画の実行班は黒潮海流調査研究室に間違いないと思います」

　野村は声を荒らげた。

「そんなだいそれたことを本気で考えているのかね」

「まったく可能性がないわけではありません。中国やアメリカを抱き込めば現実性をおびてきます」

「沖縄に一国並みの外交ができるのか」

「中国やアメリカを動かすだけの材料があるはずです。それが何なのかを捜査しているところです」

　国家安全情報局の局長室はホットラインとみられる電話機がデスクに並び、いくつものモニター画面は壁掛けの飾りのようにみえた。その一つの画面では内乱で国を脱出する難民の長い列が映し出されていた。

野村はその画面を凝視していた。こんなことがこの国で起こるはずがない。同一民族による単一国家なのだ。

野村は言った。

「まず首謀者を突きとめることだ」

井上は自信に満ちた声で言った。

「沖縄県黒潮海流調査研究室の室長、豊平要です。豊平の生い立ち、経歴からして間違いありません」

井上は豊平要と書かれた調査報告書の一つを野村に手渡した。分厚い報告書だった。

野村は報告書を手にして言った。

「一人の人間にこれほどの報告書とは恐れ入ったものだ。かなりの重要人物らしいな」

「彼の中学のときの作文や大学時代のレポートなどを抜粋して入れてあります」

「そんなものまで必要なのかね」

「豊平という人物を知るには極めて重要です」

野村は報告書のページをめくった。

井上は報告書を開き、報告をはじめた。

「豊平要。昭和三十五年、一九六〇年の生まれです。血液型はA型。身長一メートル八十センチ。体重七十五キロ。既婚で妻恵子との間に一男。ここまでで特に変わったところはありません。強いてあげれば晩婚だったということくらいでしょう。次のページをめくってください」

野村がページをめくると一枚の顔写真が張りつけたあった。明らかに白人男性だった。

「豊平要です。ハーフとか混血児、いまは国際児とか言われるそれです」

「父親が外人で国際結婚というわけか」

「そういう言い方もできます。沖縄ではそうとらえるわけにもいかないようでして。米軍の占領下にあったわけですから。次のページから生い立ちや家系についてふれてあります。沖縄の歴史の負の部分だけを背負って生きてきたような男です」

野村は興味深そうにページをめくった。

「読んでいただければわかりますが沖縄中部のコザ市、現沖縄市で生まれています。父親は米陸軍の一等兵だったようです。母親は沖縄市出身で、米軍基地内のメードなどをして二十五歳から米兵専属のAサインバーに勤めはじめています。Aサインというのは米軍人、軍属の立ち入りが許可された飲食店という意味です。そこで知り合い同棲、正式な結婚はしていません。父親は妊娠を知るとアメリカに帰国、母親は捜したようですがベトナムで戦死しています」

野村は報告など耳に入らない様子で文面を追っていた。

「母親は豊平が二歳のとき、同じ沖縄市のタクシー運転手と正式に結婚しています。これが豊平の姓です」

野村はページをめくって言った。

「それで父親がこの事件か」

「早いですね。もうそこまで読み進んでいますか。その新聞の切り抜きにあるとおりです」

そのページに張りつけたあった新聞の切り抜きには『タクシー運転手射殺される』『米軍演習場内の山林』『米兵の犯行か』の見出しがついていた。

「復帰前の昭和四十四年、一九六九年十一月二十一日の事件です。父親は当時四十五歳、豊平が九歳のときです。現場写真の下にある顔写真が父親です」

野村は記事から目をはなし言った。

「犯人は米兵か」

「記事の続報はスクラップしてありませんが米兵の犯行です。復帰前ですから捜査権や起訴権、裁判権などすべての権限は米軍にありました。それに犯行現場が米軍の演習場内で、米軍施設内ということで警察はまったく関知できなかった。報道では米軍憲兵隊が犯人の兵隊の身柄を拘束したとなっていましたが、そのあと犯人の米兵がどうなったかはわからない。米軍人の引き起こす事件のほとんどがうやむやになっています。だいたいが米本国に強制送還ということのようです」

「この事件で子供心に米軍への反発が芽生える」

「そういうことになります。彼が中学一年のとき、沖縄が本土に復帰する。そのときの作文を後ろに添付してあります。短いのですが読んでいると不気味です」

野村は報告書の後ろを開いた。そこには『復帰に思うこと』『豊平要』と書かれた作文のコピーがつづってあった。

『僕の父はアメリカの兵隊に殺されました。父を殺した兵隊は何の罰も受けずにアメリカに帰ったそうです』

『僕の本当の父はアメリカの兵隊です。その父も母を捨ててアメリカに帰ったそうです』

『僕は沖縄が日本に復帰して思いました。アメリカの兵隊を沖縄から追い出してやります』

『僕の母はアメリカの兵隊をにくんでいます』

『母はよくアメリカの兵隊を殺してやりたいと言います』

『僕は父のかたきをうちます。母を泣かせてばかりいるアメリカの兵隊をやっつけてやります』

『僕はアメリカの兵隊に負けない』

『僕はアメリカの兵隊なんかこわくない』

野村は豊平要という人間がすこしわかったような気がした。冷静に自分の置かれた状況を分析できる人間に違いない。そして、常に自分自身のことを沖縄に置き換え、ものごとを判断していく。もし井上が言うとおり豊平が沖縄県知事の東恩納寛英を支えているのであれば、ことは重大だと思った。

野村は言った。

「かなりの危険人物のようだ」

「それだけではありません。前のページに戻っていただけますか」

野村はページを戻した。

「中学、高校では特に目立ったことはしていません。大学に入って戦史研究会に籍を置くようになって、沖縄と日本の関係に疑問をもつようになります。戦史研究会は第二次大戦での沖縄の戦闘について住民側からのフィールドワークをはじめた。そのリーダーは豊平でした」

野村は報告書を閉じて言った。

「沖縄戦はきつい。読む気にもならない」

「こちらでポイントだけを読み上げて報告とします」

野村はうなずいた。

「豊平らのフィールドワークは一つの部落を対象に住民側からどれほどの犠牲が出たかを調べる。はげしい戦闘のあった部落では、一家全滅の戸数が部落全体の半数以上にのぼっていた。戦史研究会ではこれをレポートにまとめるわけですが、豊平は聞き取り調査のなかで沖縄戦における集団自決や日本軍による住民虐殺にふれ、戦争の実相に迫ろうと調査を続けています」

野村はそれがどうしたという顔をした。

井上は声の調子を上げ言った。

「局長、ここからまた豊平個人が戦争にかかわってくるんです」

野村はけげんな顔をして言った。

「家族に戦争の犠牲者がいるのかね」

「沖縄では県民のほとんどが何らかのかたちで戦争とかかわっていますが、豊平の場合はそのなかでも悲惨をきわめています」

野村の顔が曇った。

「報告書に添付してある『北部山中における住民虐殺』というのが豊平のレポートです。豊平は日本軍による住民虐殺のなかでも沖縄戦終結後の住民虐殺について調べています。昭和二十年六月二十三日に牛島司令官が自決、沖縄戦の事実上の終結とされていますが、北部地域では敗残兵による住民虐殺が戦争終結後も起こっています」

野村は黙っていた。

「レポートのなかで『照屋三郎一家虐殺』というのがあります」

野村は報告書を開こうともしなかった。

「この『照屋』というのは豊平の母の旧姓です」

野村は目をふせていた。

「レポートでは三件の住民虐殺を取り上げてありますが、『照屋三郎一家虐殺』は虐殺の経緯が非常にくわしい。豊平の母がただ一人の生き残りだったからです」

野村は腕組みをした。次の展開がわかっているかのように。

「豊平は住民虐殺を調べるうちに照屋一家の虐殺にふれる。ふれるというより、この場合はめぐり合ったというべきでしょう。ただ一人の生き残りからの証言をえるため懸命に捜して母に行き着く。豊平の母親は、息子にきかれるまで戦争のことは一切口にしていなかったわけです」

井上は野村に目をやった。野村の表情によっては報告をやめるつもりでいた。野村は目をふせてはいたがきいていた。

「照屋三郎一家は四月一日に米軍が沖縄本島に上陸すると、防衛隊員だった三郎、豊平の祖父ですが、三郎は残り、七十歳になる母親のカマと妻の光子、十五歳になる長女の信子、それに十歳になる長男の朝夫の四人が親戚を頼って北部に避難した。信子というのが豊平の母親です。戦闘がはげしくなった六月はじめごろ、防衛隊員だった三郎が一家の避難先である北部名護の山中に逃げ帰ってきた」

野村はいつ開いたのかレポートに目をやっていた。

井上は野村の目線に合わせるかのように報告した。

「ここから虐殺に至る経緯が克明に描かれています。生き残った母親の証言ですから」

野村はレポートに釘付けになっていた。

「虐殺の期日ははっきりしませんが、母親の証言、信子ですが『スーマンボースーがあけた空になっていた』と言っています。スーマンボースーというのは梅雨のことで、沖縄での梅雨明けは六月二十二日が平年値です。それで豊平は沖縄戦終結後の虐殺とみなしています」

井上は報告をするうち、自分自身が沖縄戦の証言者であるかのような錯覚にとらわれていた。

井上は言った。

「説明を入れていくとややこしくなるので信子の証言の部分は読むことにします」

野村の返事はなかった。

「私が避難小屋の裏にあるため池で晩ご飯の野菜を洗っていると、小屋の方から怒鳴るような声がしました。うちの小屋の前には小さな畑があり、自分たちで大根を植えてありましたが、よく泥棒に盗まれていたので、お父さんが泥棒とでもけんかをしているのかと思いました。小屋にそっと近づいてみると、刀をぬいた日本兵がお父さんに向かって怒鳴っていました。そばには鉄砲を持った二人の日本兵が目をきょろきょろさせ、見張っていました。刀をぬいた日本兵は言っていました。『おまえは防衛隊員だろう』『どこから逃げてきた』『銃殺ものだ』『おまえのようなやつがいるから戦争に負けるのだ』『俺たちはいまアメリカ兵を殺してきた』『役たたずの県民め』『殺してやる』。お父さんは『すみません』『すみません』と何度も頭を下げ、『許してください』と拝むように手を合わせていました。怖くなって小屋の後ろの大きな松の木の陰に隠れていると、小屋にいたお母さんが私を見つけ、手で『あっちへいけ』『あっちへいけ』と追っ払うようにしていました。そのときでした。お父さんの『グァー』といううめくような声がして、小屋が『バァーン』という大きな音をたてて吹き飛びました」

井上は一呼吸おいた。読むのがきつくなっていた。部下からの報告のとき、自分で目を通したとき、そしていままた野村へ報告している。三度もこの証言に接していた。

野村は顔を上げなかった。

井上は続けた。

「私は下の部落のおばさんのところに逃げました。おばさんはびっくりして部落の人たちを集め、十人ぐらいで小屋に向かいました。小屋はこなごなになっていました。おばあさんは柱のそばでおなかに穴があいて死んでいました。お母さんはかまどの近くで死んでいました。手の一つはなかったです。弟は板きれの下で『ウーン』『ウーン』とうなって生きていました。けがはなく、大丈夫だと思っていたらすぐに死にました。お父さんは畑の近くで首を切られ死んでいました。おばさんたちは言っていました。『米がなくなっているよ。食糧を盗むために殺しているよ』。部落の人たちは日本兵のことは何も言いませんでした」

井上は証言を読み終えほっとした。声を出して読むことにかなりの体力を消耗していた。

井上は言った。

「以上が豊平の母親の証言です。結論から言うと、豊平のレポートのまとめにある一行が問題です。豊平は沖縄戦における日本軍の野蛮性や残虐性を指摘したうえで、『沖縄は日本本土防衛のための捨て石でしかなかった』と総括しています」

野村はレポートから目を離し言った。

「決まりだな。米軍に対する嫌悪感、日本に対する不信感」

井上は言った。

「総理に報告を」

「すぐに報告する。総理も薄々は感じていると思う」

「対策と取らないといけませんが、これほどの問題を極秘に処理するわけにはいきません」

「極秘もなにも、こちらとしては何も知らない。いままで以上に沖縄県民に尽くし、国民には日米安保の重要性を説いていく。そうすることで東恩納と豊平を孤立させていけばいいのだ。あちらが公式に発表でもしたら『オーノー』と驚いてみせればいい」

「それで阻止できますか。沖縄は中国とアメリカを後ろ楯にしているはずです。米中が動くと政府は圧力に耐えられません。火はぼやのうちに消し止めないと」

野村は強い口調で言った。

「決めるのは県民だ。いまの県民に何かをやる気力があると思うかね。沖縄県民の心根は保守なのだ」

第十五章　経済架橋論

ワシントンDCのポトマック川に面したジョンソン法律事務所で豊平要からの電話連絡を受けた黒潮海流調査研究室のアメリカ担当、大山美紀はえくぼをつくって所長室に入った。ワシントン到着以来、所長のジョンソンの好意で一年前に自分が使用していた一室をそのまま沖縄との連絡室に使わせてもらっていた。

大山はデスクで書類に目を通していたジョンソンに親指を立てて笑みを送った。

ジョンソンはデスクから離れ大山に近づき抱擁した。

大山は米語で言った。

「とてもよい知らせでした。中国とのクロマグロの養殖事業が実現しました。これからの話し合いで最終的な詰めができます」

ジョンソンは言った。

「わが政府にとっては中国との関係が重要だ。沖縄が中国の軍事的脅威を排除し、その地理的条件によってわが国と中国とのより一層の経済協力のかけ橋になれるという『経済架橋論』を展開すれば大山の夢は実現する」

大山はクロマグロ養殖計画に参画して以来、ことあるごとにジョンソンと連絡を取り、意見を求めてきた。二十二歳で渡米、ジョンソン法律事務所での五年間はきびしい仕事の連続だったが、ジョンソンの指揮のもと多くのことを学んだ。その一つはアメリカ人の価値観の尺度だった。四十代ではあるが数多くの大手企業の法律顧問として敏腕を振るっているジョンソンは、企業トップのものの考え方を単純明解に「利益をもたらす者こそ勝者である」と言い当てた。それはアメリカ社会すべてに通用することでもあると言った。『経済架橋論』は、豊平らのアメリカ説得工作をより経済的側面から推進する案で、ジョンソンが沖縄のために組み立てていた。

大山はきいた。

「経済架橋論ですべてうまくいきますか」

「いまわが国を動かせるとしたらそれは経済でしかない。あなた方のわが国説得工作は、中国の力を借りて沖縄の基地を撤去させ、わが国に軍事費削減というメリットをもたらす。もちろん日本にも。それで説得は可能かもしれない。しかし、わが国にとっては防衛ラインをハワイまで退くということであって膨大な軍事費の削減にはつながらない。それに在日米軍の経費のほとんどは日本政府が負担している。確かに日本の防衛をわが国がなぜ肩代わりしなければならないのかという点を突けば説得工作は有利ではある」

ジョンソンは自信に満ちた顔で続けた。

「あなた方の説得工作で欠けている点は経済的側面だ。私の経済架橋論は、沖縄が架け橋となって米、中、日のトライアングル経済を確立することにある。トライアングル経済は三国にとって非常に魅力に満ちている。わが国は現在、貿易収支において日中にほぼ同額の四百億ドルの債務国となっている。トライアングル経済の確立によって三国があらゆる分野で協調し、互いの利益を追求していけば貿易の均衡は保たれ，三国は経済的発展を遂げることとなる。沖縄のすべての軍事基地の撤去がトライアングル経済の確立につながるのであれば、わが国も日本政府も基地撤去に動く」

大山は大きくうなずいた。

ジョンソンは笑みを浮かべ、持論を締めくくるように言った。

「マクロな経済的視点からすると、沖縄の基地など何の必然性もないということになる。私があなた方に協力するのは、あなた方の計画がアメリカに膨大な利益をもたらすと思うからだ」

大山は笑みをつくり二度、三度とうなずいた。

「コーヒーはいるかね」

ジョンソンはデスクわきのコーヒーメーカーからコーヒーをそそぎながら言った。

「いただきます」

ジョンソンはコーヒーカップの一つを大山に手渡し、デスクに戻った。大山はデスクの前のいすに腰かけ向かい合った。

大山は思案顔で言った。

「基地は撤去できるとしても私たちの最終の目的は日本との訣別です。可能ですか」

ジョンソンは言った。

「これから会うロバートやピートにもきいてみよう。はっきりしていることはわが国が口出しのできない日本の国内問題だということだ」

「私たちの戦略は日本政府に沖縄を見捨ててもらうことです。トライアングル経済の確立によって沖縄から基地がなくなる。それでも日本政府は沖縄に基地以外の価値をみいだしますか」

「領土の問題は大きい。戦争以外に自らの領土を切り捨てたり、譲ったりした例は少ない。最終的には沖縄県民が日本との訣別をのぞむかどうかだ」

「おわかりのように沖縄は日本という国に組み込まれて以来、犠牲だけを強いられてきました。何としてでも日本と訣別したいのです」

ノックがして女性の秘書が入ってきた。ロバート・ニコルセン氏とピート・ハロルド氏を応接室に通してあると言った。

ジョンソンは立ち上がり、いすにかけた背広に手を通しながら言った。

「あなた方が沖縄の未来をどう描いてみせるかにかかっている。それは県民に利益をもたらすという描き方でなければならない。これからその話をしよう」

大山はジョンソンのあとに続いて室を出た。応接室に待っているのは国務省中国局局長のロバート・ニコルセンと全米娯楽産業協会会長で対中国貿易推進協議会議長のピート・ハロルドである。

大山は歩を進めながら思った。ジョンソンが的確なアドバイスをしてくれるに違いない。彼の話の展開に合わせ、自信に満ちた口調で受けこたえをする。あくまでテーマは経済である。

ジョンソンと大山が応接室に入ると、ソファーに座っていた二人の男が腰を上げた。

ジョンソンは二人と軽い握手を交わし大山を紹介した。

大山はお会いできて光栄ですと言って握手した。一人は四十代くらいにみえ、ハイヒールを履いた大山が見上げるほどの長身でロバート・ニコルセンと名のった。もう一人は七十ちかくにみえたがなびくような金髪が印象的でピート・ハロルドだった。

四人はそれぞれソファーに腰を下ろした。

ロバートは感心するような素振りで言った。

「あなたに全権が委任されているとはおどろきです」

ジョンソンがすぐにことばを返した。

「それはどういうことかね」

「沖縄の未来が明るいということです。小太りで脂ぎった顔をして、いかにも長老という風格を漂わせた奴だったらどうしようかと思ってね」

ジョンソンは表情を緩め言った。

「話し合いはうまくいきそうだ」

ロバートとピートは顔を見合わせ微笑んだ。

大山は笑みをつくった。アメリカを動かすにはこの二人を説得すればいいとジョンソンは言った。現実にその二人が目の前にいる。しかも笑っている。

ジョンソンは足を組み直し、表情を引き締めて言った。

「中国は沖縄との尖閣諸島海域での開発に同意した。前にも話したとおりクロマグロの養殖事業を共同で行う。中国は尖閣諸島での共同開発を楯に、沖縄からの一切の軍事基地の撤去を要求してくる。応じられるかね」

ロバートは首をかしげ言った。

「どうして中国の動きが前もってわかるのかね」

「沖縄側のシナリオなのだ。沖縄は日本政府やわが国との協議では永久的に基地の撤去はできないと判断した。そこで経済大国である中国の力を借りることにした。ただで力を貸してもらうわけにはいかないので尖閣諸島海域での共同開発事業をもちかけた。中国は共同開発事業に同意し、基地撤去に力を貸すことにした。シナリオはここまで現実に進んできた。いまここで話し合おうとしていることは次の展開を読むことだ」

ジョンソンは首を横に向け、そばにいる大山に確認を求めるような視線を送った。

大山はうなずいた。

ロバートは納得できないという顔つきで言った。

「尖閣諸島海域でのクロマグロの養殖事業だけで中国は動いたのか。裏に何かあるとしか思えない」

ジョンソンは声の調子を上げた。

「沖縄が中国を説得できたのはわが国との経済協力を全面に打ち出したからだ。クロマグロ養殖の共同事業によって中国に対する軍事的脅威は払拭され、わが国との経済協力関係はより一層強固なものになると説いた。中国はクロマグロがわが国とのかけ橋になると認識した。それ以上のことはない」

ピートはうなずき言った。

「するとシナリオではかけ橋をわが国と中国が行き交う」

「そういうことになるが、その前にわが国の軍隊は撤収しなければならない」

ロバートとピートは顔を見合わせた。

ジョンソンは畳みかけるように言った。

「中国を無視はできない。中国とあらゆる分野で協調できるのであれば沖縄の基地など取るに足りない。わが国が日本政府に働きかけ、沖縄にある日本国防軍の基地も撤収させることができたらわが国と中国及び日本のトライアングル経済が確立する。三国はめざましい経済発展を遂げることになる」

対中国貿易推進協議会議長のピートはトライアングル経済が確立できるのであれば国防総省をくどき落とせると思っていた。

ピートはきいた。

「中国側の交渉相手は誰だね」

ジョンソンは大山にこたえるよううながした。

大山は言った。

「国務委員の劉少東と国務院経済部部長の周恩奇です」

ピートは劉少東と周恩奇の二人を知っていた。中国で開かれた世界経済会議で中国とアメリカの貿易バランスについて協議したばかりであった。

「対中国貿易推進協議会としても重要視している人物だ」

ジョンソンはピートを見据えて言った。

「対中国貿易推進協議会は経済協力を最重点にすべきだ」

「当然だ。トライアングル経済が実現可能なら国務省や国防総省を説得できる。問題は中国の軍事的脅威だ。尖閣諸島での共同開発事業だけで牙をむかないという保証にはなりにくい」

ピートはロバートを見た。

国務省中国局局長のロバートは国防総省高官の怒りの表情を思い浮かべていた。国防総省は中国の経済成長を好ましいこととは受け取っていなかった。経済成長と並行して中国軍の装備は近代化を遂げ、世界一の軍事大国に成長していたからだ。中国とのありとあらゆる交渉において国防総省高官は軍事的脅威をあおり、親中派に対し怒りの声をあげていた。

ロバートは言った。

「トライアングル経済を確立していくということと、沖縄からの基地の撤去を切り離して考えることはできないのかね」

「えっ」

大山は驚きの声を挙げ、口を開こうとしたがジョンソンが視線を放ち制止した。

ロバートは続けた。

「国防総省は沖縄からのわが軍の撤収はアジアの安定を根底から揺さぶりかねないとして強行に反対する。もちろん日本国防軍も撤収には同意しないだろう。現状では中国の軍事的脅威を払拭するのはむつかしい」

ジョンソンは大山に目をやり発言をうながした。

大山は気持ちを抑えるようにして言った。

「私たち沖縄側のシナリオはアメリカが中国の要求を受け入れることになっています。中国は沖縄を非武装地域とし、日米を含めた三国で平和利用を目的に活用することを提案します。その前段として中国は沖縄からの米軍基地の撤去を要求しているわけです。もちろん日本国防軍の基地も含みます。中国から差し延べられた手を切り落とすのですか。これまで築いてきた米中の極めて良好な経済協力関係が無になります。私たちのシナリオ通りにことを進めていただければアメリカはアジアに経済拠点が確保できます」

ピートは言った。

「国務省はいいとしても軍をどう説得するかだ」

ピートはまたロバートを見た。

ロバートは立ち上がって言った。

「すこし気分をほぐそう。中国の問題は気が重くなる」

ロバートは窓際に歩き、ジョンソンも肩を並べるようにして窓際に寄った。何やら立ち話をはじめ、顔を見合わせて笑ったりしていた。

大山は腰を上げなかった。ワシントンに到着して以来、ジョンソンの人脈を活かし政財界のリーダーと接触、アメリカと中国の経済協力の重要性を訴え、基地撤去を働きかけた。ただ国防総省高官、特に制服組への人脈がなく、根回しに大きな不安を抱えていた。

ロバートとピートは軍を説得できる人物としてジョンソンが紹介した。その二人はまだ首を縦にふらない。

「毒ガス事故知っているかね」

ソファーに腰かけたピートがとっぴに声をかけてきた。

大山には何のことかわからなかった。

「そうか、まだこの世に生をうけてないわけだ」

大山は首をかしげた。

「一九六九年から七一年にかけて沖縄で勤務した。そのとき、軍の弾薬貯蔵地域内で毒ガスのサリンが漏れる事故があった。六九年の夏だったと思う」

ピートは記憶をたどっていた。

「死者は出なかったが二十人余が被害をうけた。軍は事故を隠したが本国の新聞が取り上げ、事故は明るみになった。沖縄の県民は毒ガスの存在にショックを受け撤去運動を起こした。私たちは七一年に毒ガスを移送した」

大山は話の展開に不安をおぼえた。アメリカにとって沖縄の基地がいかに重要なのかを力説するに違いない。

「海外の基地で毒ガス兵器が配備されていたのは沖縄だけだった。沖縄の基地にはわが国の軍隊のすべてがあった。現在もそうかもしれない」

ピートはこれ以上言わなかった。

大山は黙っていた。

ジョンソンとロバートがソファーに戻った。二人とも余裕のある表情をしていた。

ロバートは大山を見据えて言った。

「軍を説得するには第一に中国との関係強化をあげる。第二に日本の防衛の肩代わりには限界があることを説く。こちら側のやることはそれだけだ。あとはあなた方の問題になる。どういう手段や方法であってもかまわない。沖縄の総意として基地はいらないと証明していただきたい。わが国と中国は沖縄の基地撤去の決意が何らかのかたちで示されれば基地の撤収で合意する。すべてはあなた方にかかっている」

大山は言った。

「中国の要求に応じると理解していいわけですね」

「中国の要求に応じるのではない。わが国と中国は経済協力について話し合う。そのなかで沖縄が決めたことに従おうではないかと協議する。この協議はあなた方のシナリオ通りになる」

ジョンソンは大山に笑みを送った。

大山は不安だった。これでアメリカから基地撤去の約束を取りつけたことになるのだろうか。アメリカと中国は経済関係だけをテーブルにあげ、沖縄の基地問題を棚上げにするのではないのか。

大山は言った。

「シナリオではアメリカが中国の要求に応じるのが先です。先に基地撤去の合意があり、その裏付けで沖縄が動く」

ロバートは人指し指を立て横に大きく振り、違うというしぐさをして言った。

「いまも日本政府はわが国に国を守ってほしいと言っている。沖縄県民もそう思っているかもしれない。それなのに、守ってやらずに一方的に出ていくわけにはいかない。要するに、出ていけというのが先決なのだ。そうなるとこちらは出ていくことだけを考えればいい。いままで話したことは、わが国の軍隊が沖縄を出ていくのに障害はあるが、乗り越えられない障害ではないということだ」

大山はうなずくことにした。言われるとおりすべては沖縄自身の選択にかかっていた。揺るぎない決意を示さなければならない。

大山はうなずき言った。

「今世紀は沖縄にとって自立の時代です。基地の撤去は自立に向けた一過程にすぎない。わたしたちの目的は国という枠にとらわれない新しい時代の新しい地域づくりです。この新しい地域は規制のまったくない自由地域です。日本という国がこの新しい地域づくりを認めないのであれば分離独立するしかありません。もしそうなったとしても国家という概念にとらわれない国家です。二十一世紀の壮大な実験ともなる『自由国家』をつくりあげてみせます。この国家に必要とするものがあるとしたら勤勉な民だけです」

大山は先に進みすぎたと思った。独立を口に出し『自由国家』にまで踏み込んでしまった。ロバートとピートは沖縄の進路をそこまで読みきっているのだろうか。

ロバートとピートは平然とした顔をしていた。

ジョンソンは言った。

「それでは勤勉な民をやしなう方法について話そう」

ジョンソンはロバートとピートに視線を合わせて言った。

「トライアングル経済は確立したと言ってもいいだろう。そこで沖縄の役割だ。わが国のアジアにおける経済拠点に位置づける。アメリカの物流拠点にする。嘉手納飛行場をそのまま活かせる利点もある。それだけで県民をやしなえるかというと不安が残る」

ジョンソンはピートに視線をすえた。

「沖縄が考えているのはカジノだ。アジアにラスベガスをつくる。沖縄の観光は年間三百万人だ。二〇〇〇年のサミット開催以来、数字は落ち込み観光に行き詰まっている。観光プラスカジノで県民をやしなう」

全米娯楽産業協会会長のピートは微笑んでいた。

大山は言った。

「アメリカの基地を追い出しカジノを呼びたいのです。賭博にはいろいろ問題はありますが、風紀を乱さないカジノを創造したい。アメリカのラスベガスではなく、アジアのラスベガスをつくりたい。力を貸していただけないでしょうか」

ピートは笑みをこぼし言った。

「出ていけというのもあなた方であり、来いというのもあなた方なのだ。私たちが沖縄に行くのについては何の問題も起こらない。あなた方が呼んでくれるかどうかの問題だ。すぐにでも十数のカジノ経営者が沖縄進出を図ることになるだろう」

ジョンソンは大山を見つめて言った。

「沖縄はわが国にとって非常に魅力ある地だ。アジアの軍事的拠点というよりアジアへの経済的かけ橋としての魅力にとりつかれている。それは中国をはじめとするアジアのめざましい経済発展を目の当たりにしているからだ。わが国は軍事基地を撤収し、経済的かけ橋として沖縄を活かすことになるだろう」

ロバートとピートはうなずいていた。

第十六章　カジノ構想

黒潮海流調査研究室の仲宗根智明と島袋和博は那覇市天久の副都心「おもろまち」にある琉球歴史研究所の一室にいた。琉球歴史研究所は完成間もない琉球民族歴史資料館の四階にあった。

仲宗根は白板に画用紙をテープで貼りつけ言った。

「いろいろなデザインを考案していただきましたが自由国琉球の旗はこれにします」

画用紙には白地の中央に円形で縁取った青い星が描かれ、円形の残りの部分は赤で占めていた。日の丸の赤丸の部分にすっぽりと青い星がデザインされたシンプルなものであった。

「星は南十字星です。円形なので星をデザインすると円錐形をした赤の部分が五つできます。その部分は宮古、石垣、与那国、大東、久米島の各地方を象徴しています。国際的にはアジア、太平洋地域の国々がこの赤の部分にあたり、自由国琉球がこれらの国々のかけ橋になるというコンセプトでもあります」

仲宗根は説明を終え席に戻った。自由国琉球の旗はメンバーの賛同を得られると思った。

仲宗根を含め十二人のメンバーは笑みをたたえていた。全員が二十代である。デザイナー、ミュージシャン、教師、大学院生、大学講師、琉球歴史研究家、企業家、工芸家などで構成されていた。表向きは琉球歴史研究会であったが、自由国琉球の設立準備委員会として週三回の協議を続けていた。

「自由国琉球の旗については異論がないようですので曲に入ります」

島袋が三枚の譜面を手に席を立ち白板に貼りつけた。譜面は『安里屋ユンタ』と『芭蕉布』『唐船どーい』の三曲だった。

島袋は貼りつけながら続けた。

「絞り込んだ三曲を曲班で話し合った結果、『唐船どーい』を自由国琉球の曲として決めました。歌詞については公募とします。公募の条件は琉球語であること、その一点だけです。『唐船どーい』に決定したのは交易の歌である点と、その独特の軽快なテンポにあります。『安里屋ユンタ』と『芭蕉布』に比べるとポピュラーではありませんがより琉球的であるという点を考慮しました」

誰も口は挟まなかった。すでに自由国琉球の旗、歌、憲法については論議を尽くしていた。ただ確認をするだけであった。

島袋が席に戻ると、仲宗根が立って言った。

「憲法ですが、旧日本国憲法の第一章天皇の章を削除して第九条の『戦争の放棄』を第一章として全十章九十五条とします。ほぼ改憲前の日本国憲法を採用してあります。

文章はすべて現代かなづかいとし平易な文体に直します。わかりやすく、読みやすい憲法がモットーです」

仲宗根はすこし間を取ったあとに言った。

「ことばの問題は城間さんに報告してもらいます」

大学講師の城間が立って言った。

「いま私たちは琉球語の確立を目指していますが非常に難しいといえます。沖縄の方言と標準語が合体して、どれが琉球の言語なのかがわからない状況にあります。沖縄の方言といわれるものを琉球の言語とするならそのほとんどが死語となっています。それを再生して自由国琉球のことばとするには百年はかかるでしょう。そこで、一般的に方言としていまなお使われていることばを残す運動を展開するしか手はありません。ことばの問題は方言励行にとどめておくべきだと思います」

皆がことばの問題には悩んでいた。日本との同化によって沖縄の方言は消滅し、わずかに琉球民謡であるとか古典舞踊、沖縄芝居、さらに工芸の技術用語などの世界に残っていた。日本との違いを浮き彫りにするにはことばの問題は重要であったが解決ははかれなかった。

仲宗根は言った。

「自国語を持ちながら植民地となったゆえに支配者のことばを独立後も共通語とする

国々はあるわけですからそう理解するしかありません。教育とも深くかかわりますので将来的には琉球の言語を創造するという方向性だけを示しておくことにしましょう」

皆はうなずいた。

島袋は席を立ち、白板に貼った譜面をはがし、水性の赤いペンで『自由国琉球の財政』と書いた。貨幣は『ユイ』と『マール』で構成、通貨としては百円＝一ユイ＝一ドルで換算、一ユイは百マールとしていた。通貨の名称は簡単に決まってはいたものの、琉球歴史研究会にとって最大のテーマは国の運営だった。どのようにして国を運営する財源を確保するかだ。小さな政府を目指すことでは意見の一致はみていたが、九千億円の沖縄県予算のうち二割強の二千億円が自主財源で、八割弱の七千億円は日本政府からの地方交付税などに頼っていた。財政破綻をきたすのは明らかだった。

島袋は『カジノ』と書いて言った。

「きょうのテーマはカジノです。これまでの話し合いで最も有力視されている構想なので徹底的に論議したいと思います。アメリカ班の連絡では全米娯楽産業協会がカジノ構想について非常に興味を示しているということです。協力は得られるでしょう」

仲宗根が続けた。

「こちらとしてはカジノでいきたいと考えています。問題はカジノに対するダーティーなイメージです。売春とか麻薬がはびこり、沖縄がむしばまれていくという危惧の念をどう取り除くのか。この問題をクリアしなければならないのです」

ミュージシャンの山城は言った。

「売春とか麻薬の問題はそれほど重要ではない。取り締まりの問題だと思う。社会環境の悪化を招く事犯についてはきびしい法律で臨むということにすればよいのです。麻薬もいずれ撲滅される。それよりもカジノ構想で自由国琉球の国民を養えるかどうか、その一点だけが問題であって」

仲宗根は言った。

「カジノ構想では百五十万人の国民は十分に養えます。もちろん観光をプラスしての数字ですが。沖縄の観光は一九九八年から四百万人台に達しましたが、その後は伸びない。それに四千億円の観光収入があるといっても県民の所得にはならなかった。これが五百万人、六百万人になろうと状況は同じで、すべて日本側に吸い上げられているのです。私たちのカジノ構想は観光収入を沖縄側に取り戻し、さらにカジノでの収益を沖縄のものにするということです」

企業家の与那嶺がきいた。

「どれほどの収入が見込めるのですか」

「沖縄を訪れる観光客が年間で四百万人として一人当たり十万円を落とすと四千億円

になります。これがいままでの数字です。これにカジノでプラス十万円を使うとしたら八千億円です」

「すべてが自由国琉球の収入になると？」

「観光収入をこちら側に取り戻すと言ったのは自由国琉球が航空会社を持ち、那覇空港や嘉手納飛行場の空港使用料など観光の基幹となる施設から収入をあげることです。カジノも国の運営となります。ゆうに数兆円を超えるでしょう」

大学院生の高良が言った。

「日本人がラスベガスに行くと往復の航空運賃、宿泊料金、遊行費だけで五十万円はかかります。その分を沖縄で使ってもらう。東南アジアの国々も豊かになり、経済大国の中国は目の前にある。アジアのラスベガスはきっと成功します」

ミュージシャンの山城が声を弾ませて言った。

「ラスベガスはいまカジノだけでなくエンターテインメントを目指している。自由国琉球のカジノも大人から子供までが遊べる総合的な娯楽施設にすればいいのです。そこでは世界的な音楽コンサートやプロボクシングの世界タイトルマッチなども開かれる」

工芸家の友利は苦笑いして言った

「私たちの伝統工芸品をどんどん売れますね」

島袋は言った。

「売れます。生産が追いつかなくなるかもしれません。それと世界の食文化が自由国琉球に集まってきます。そうなるとアジアの物量拠点にもなる。娯楽施設を備えたアジアのカジノを実現させればハブ空港と言わなくてもハブ空港になるし、国際都市と言わなくても国際都市になっています」

高校教師の安里がきいた。

「実現可能なのですか」

仲宗根は口もとを引き締めてこたえた。

「可能なのかではなく実現するのです。私たちがこれまで一年余にわたって自由国琉球の研究にあたってきたのは、独立しても食っていけるのかどうかが最大のテーマでした。独立しても国際都市構想では国民は養えない。それでカジノ構想に取り組んできました。問題はカジノに対する県民の反応です。カジノをやるくらいなら独立なんかしないほうがいいという意見も出るでしょう。このことに対抗していかなければならない。独立の審判をあおぐとき、カジノ構想で県民の支持が得られるかどうかです。得られたとしたらカジノは実現します」

安里はつぶやくように言った。

「カジノで県民の支持を得るのはむつかしいのでは」

仲宗根は間髪を入れなかった。

「では現状のように基地を押しつけられ、県民の利益につながるどころか、一部の日本側企業が利益を吸い上げる何とか構想に甘んじて生きますか。日本政府のやることは県民の意向にまったくそぐわない。あたかも県民のためになるような構想をぶちあげ、ハード面だけの整備をする。その整備にかかる金のすべては本土側企業が吸い上げる。こちら側にも問題がないわけではないが、日本政府の言いなりになって生きるのはやめようということです」

安里はうなずき強い調子で言った。

「それはそのとおりです。ただカジノには問題がありすぎる。広大な敷地が必要で嘉手納基地の跡利用だけでは足りないだろうし、基地の撤去からカジノ建設までの期間を考えると相当な年月を要することになる」

仲宗根は少し間をおいて言った。

「期間は五年とみています。基地の全面撤去に二年間、カジノ建設までに三カ年です。普天間基地のような代替施設がどうこうという問題はありませんので撤収に時間はかかりません。撤収の間にカジノの基本計画を策定、撤収の完了と同時に実施計画に移ります。地主への補償は現在の年間地料が約二千億円ですから五年間で一兆円です。これはカジノが実現すれば返済はたやすい」

仲宗根は口の滑りに心地よさを感じていた。黒潮海流調査研究室では国の運営を任され、自由国琉球の財政に取り組んできた。その結論としてカジノ構想を打ち出し、現在も沖縄県が執拗に推し進めようとする国際都市構想を柱とする沖縄振興策を論破してきた。それと自由国琉球には中国と共同開発するクロマグロという海底資源がある。独立さえ勝ち取れば世界一豊かで、自由な国が実現する。

仲宗根は続けた。

「カジノのエリアは空港直結型のカジノとリゾート型のカジノに分けます。現在の嘉手納基地の住宅エリアに二千室規模の大型ホテル兼カジノを五つ建設します。嘉手納弾薬庫地域には娯楽施設を中心にしたカジノを三つほど建設し、そのカジノの一つひとつが大型の遊園地となります。子供から大人までが遊べるありとあらゆる乗り物などを備える。ディズニーランドをイメージしていただければいいのです。これが空港直結型のカジノです。リゾート型のカジノはキャンプ・ハンセンから北部訓練場に至る約五十キロの間にリゾートホテル兼カジノを造る。カジノの規模は小さいが観光客が夜の時間を楽しく過ごすためのものです。キャンプ・ハンセンは実弾演習場があり、不発弾処理が問題となるでしょう。しかし、集中的に処理にあたれば期間はかかるにしても解決できます。それに海上へリポート基地『キーストン・オブ・ザ・パシフィック』ですが、これも世界初の海上ホテル兼カジノとして活用するつもりです」

デザイナーの我那覇は興奮した口調で言った。

「すぐに全体像を描きましょう。カジノ構想を絵にするのです」

与那嶺はきいた。

「カジノのすべてを国が経営するのですか」

「自由国琉球が経営するのは嘉手納弾薬庫を含む嘉手納地域の八つのカジノと海上へリポート基地の『キーストン・オブ・ザ・パシフィック』を活かしたホテル兼カジノの計九つです。そのほかのリゾート型のカジノについてはきびしい基準でもって許可にあたることになるでしょう。既存のリゾートホテルも同様です」

安里は首をかしげて言った。

「やはり問題はカジノそのもののイメージにあると思います。どうしても社会環境や自然環境の悪化につながるとしか考えにくい」

ミュージシャンの山城は声の調子を上げた。

「カジノのイメージを一新するカジノを造る。カジノができたおかげで街の環境美化はよくなり、犯罪は減少したといえるようなカジノを創造するのです」

安里は納得しかねない顔つきで反論した。

「しかし現実的にはカジノが成功すると人口は増え、観光客は飛躍的に伸びる。アジア諸国からの労働者の流入も考えられ、人種のるつぼと化すことにもなりかねない。

対処できるのだろうか」

山城のトーンはさらに上がった。

「私としてはそうなることを望んでいる。私にとっての自由国琉球はすべてに開かれた国で、チャンプルーであってかまわない。確かに犯罪は減少させたい。アジア諸国からの労働者の流入によって犯罪が起こったとしても自分たちが起こす犯罪にはやさしく、外国からの出稼ぎ労働者がたまに引き起こす犯罪には国の存亡にかかわるように手厳しくするのはおかしい。社会環境や自然環境の悪化を予測してカジノ構想をあきらめたり、独立という選択を捨てるわけにはいかない」

仲宗根はうなずいた。

琉球歴史研究家の屋宜はことばをかみしめるように言った。

「私はカジノ構想で国づくりをしてもかまわないと思う。カジノができることによる社会環境や自然環境の悪化という面は枝葉の問題だと認識している。一番に恐れるのは沖縄県民の保守性だ。改革を望まず、事大主義に陥る県民性に問題がある。一九九五年から九六年にかけての沖縄県民の戦いを総括すれば明らかになるが、日本政府と戦っているようで実は取り込まれていった。それも一部の人たちはそのことをわかっていながら自ら巧みに取り込まれるようにした。絶対に基地の撤去とは言わず、整理縮小とだけ言っていたことでも明白だ。そうなると独立なんて夢の話だし、カジノ構想も単なる机上の案にしかすぎない」

　皆は押し黙った。

　仲宗根は島袋に目をやった。島袋も同じ思いに陥っているだろうと感じたからだ。黒潮海流調査研究室では何度となく県民性がテーマとなり、その度に沖縄県民であることへの嫌悪感を募らせた。

　島袋は仲宗根の視線を受け口を開いた。

「県民性を打破しましょう。われわれの時代は違うのだということを実証しましょう。やるしかないのです」

　安里は言った。

「カジノ構想には問題はある。だが基地との共存となれば選択肢は自ずと決まっている。独立を目指し戦うことです」

　山城はほほを紅潮させ屋宜を見据えて言った。

「やりましょう」

　屋宜は大きくうなずいた。

　仲宗根は皆を見渡して言った。

「東恩納知事は近く決断し、県民の審判にゆだねることを表明します。日本政府が沖縄を見捨てるのであれば幸いですが、アメリカと日本の軍部が沖縄の基地を手放すとは思えません。あらゆる手段を使い県民の抱き込みにかかり、日米安保の重要性を強調するキャンペーンを展開するでしょう。こちら側は自由国琉球の誕生を訴え、カジノ構想で対抗します。戦いはきびしいが夢を持って臨むしかありません」

仲宗根は胸の高鳴りを覚えていた。

第十七章　嘉手納基地統合強化計画

嘉手納基地の東の住宅エリアにある迎賓館は二年前に日本政府が建設、在沖米軍が本国の国防総省高官や日本国防軍高官を迎えてのレセプションや会談の場として使っていた。古代ギリシャの宮殿を思わせる石の列柱と三角の屋根、ホワイトハウスを模したようでもあった。中庭の中央には円形をした記念碑があり、真ん中には石版が埋め込まれていた。石版には一九四五年九月七日、この場所で南西諸島の全日本軍を代表して納見敏郎中将が米軍司令官スティルウェル大将にたいし無条件降伏文書に調印したと刻まれていた。

迎賓館の一階部分はレセプションに使い、二階部分は会談の場にあてられていた。その二階の一室に国防長官中国担当補佐官のマイク・ターナーとアジア太平洋軍司令官のノーマン・グレイがいた。二人は日本側の代表を待っていた。

マイクは言った。

「国務省は中国との関係強化に血眼になっている。関係強化につながることなら何でもやるつもりだ」

ノーマンは黙っていた。

「国務省は在日米軍の基地を佐世保と岩国、三沢の三カ所だけとし、嘉手納を含めそのほかのすべての基地を撤去する気でいる」

ノーマンはつぶやくように言った。

「そんなことができるわけがない」

「できるのだ。国務省では中国と日本、わが国の三国による何らかの条約の締結を画策している。その前提として三国によるトライアングル経済を後押ししている。経済界は乗り気で、すでに対中国貿易推進協議会議長のピート・ハロルドなどが大統領に接触した。やがて議会も動くだろう」

「こちらは何も打つ手がないというわけかね」

「軍部に動いてもらわないといけない。どんな些細なことであってもいい。中国の軍事的脅威をあおることはできないのか」

「あおるのはそっちの仕事ではないのかね。中国軍の情報を分析して議会の軍事委員会などに流してもらわないとこちらだって動きようがない。長官には毎日、どんな報告をしているのかね」

マイクは痛いところを突かれたと思った。中国担当補佐官として長官に報告する情報はほとんどなく、中国軍が何かことを起こしてくれないものかと待っている日々であった。それだけに軍部には中国軍を刺激してほしかった。

マイクは言った。

「中国に注がれる目のすべては市場にある。中国軍のちょっとした動きなど問題にされない。そこがつらいところだ」

ノーマンはマイクから目を離し、軍服のズボンのポケットに両手を突っ込み、うつむきかげんに二歩、三歩と歩んだ。立ち止まり、振り向いて言った。

「日本国防軍を動かすしかないな」

マイクはうなずいた。ノーマンも同じシナリオを描いているに違いないと思った。

マイクはきいた。

「どう動かすつもりで」

「尖閣諸島だ」

「尖閣で何を」

「日本国防軍に軍事レーダー基地を造ってもらう」

「唐突すぎるのでは」

「そうでもしないと刺激にはならない」

「きいていると思うが、尖閣では中国と沖縄が共同で開発事業を行う。クロマグロの養殖らしい」

「だから尖閣なのだ」

「一気に緊張が高まるが」

「そっちのシナリオもそうなっているだろう」

ノーマンの言うとおりだった。マイクのシナリオには尖閣はなかったが、日本国防軍を動かし、中国を刺激することについては同じであった。ただ尖閣では間違うと有事になりかねない。

マイクは首をかしげながら言った。

「戦争になっては困るが」

「緊張は高まれば高まるほど効果的だ。一触即発の状況が好ましい。有事に備える態勢までつくりだせば成功なのだ」

「そこまで想定しておいて緊張をときほぐす策はあるのだろうね」

「わが軍としては間に割ってはいればいいだけのことだ。互いに本気でけんかをする気はないわけだから『仲良くしようよ』と仲を取り持てばおさまる」

「そんな簡単にいくものかね」

「それはそっちの問題になる。大統領や長官に『本気でけんかをする気はない。仲を取り持てばおさまる』と進言すればいい。そのことよりはアジア太平洋地域において緊張状態をつくりだすことが重要なのだ。そのことによって現在のわが軍の十万人態勢は維持され、嘉手納を含め基地の撤去は行われない」

マイクはノーマンから目を離した。腕組みをして首をかしげながら二歩、三歩と歩き、立ち止まった。さらに二歩、三歩と歩み、振り返って言った。

「将軍の案には軍の増強につながりかねないというリスクを伴い、日本と中国との関係修復に一定期間の時間を要するという難点がある。尖閣の領土問題でこじれると修復には二倍以上の時間がかかる。この影響は計り知れず、わが国の経済にも大きな打撃を与えるだろう」

ノーマンは黙っていたがマイクを見据えていた。代案があるなら出してみろという顔つきになっていた。

「日本国防軍と共同で開発する兵器はないのですか」

マイクはノーマンの顔色をうかがうように穏やかな調子できいた。

ノーマンは怪訝な顔になった。

「中国軍が脅威と感じる兵器の開発です。開発の主体は日本国防軍であり、わが国が手を貸す。兵器開発は当然、国家機密であるが、意図的にその情報を中国向けに流す」

ノーマンは苦笑いして言った。

「あなたは戦略兵器のことを言っているのかね。そんな兵器の開発があるわけはないし、あったとしても中国軍を刺激するためだけに漏らすことはできないだろう」

マイクはすこし間をおいてきいた。

「兵器の配備は考えにくいと？」

「軍の増強につながることになるがいいのかね」

「わが軍でなく、日本国防軍への配備として考えているわけですが」

「もちろん迎撃ではなく、攻撃兵器だね」

「そうです」

ノーマンは考え込んだ。日本国防軍は防衛上必要とされる兵器のすべてそろえ、これ以上の兵力の強化は自国にとっても脅威になりかねなかった。

ノーマンは言った。

「日本国防軍に攻撃ミサイルを配備するには問題がある。中国も敏感に反応するだろうが、わが国にとっても危険だ」

二人は顔を見合わせ黙った。互いに会談用にセットされたデスクの席に着き、考え込んでいた。

マイクは横のノーマンに身を寄せてつぶやいた。

「当初の計画通りに話を進めるしかありません」

ノーマンはうなずいた。

ノックがして若い兵士が入ってきた。敬礼をしたあと、二人の男を部屋に招き入れ、立ち去った。

一人は軍服で一人は背広だった。軍服を着用していたのは日本国防軍南西方面軍司令官の榊原四郎で、背広姿は国防省安全保障局局長の橋本義隆だった。

二人はすぐにマイクとノーマンに近づき、笑顔で交互に握手した。

マイクが席を示し二人はいすに腰かけた。

マイクがきいた。

「お茶にしますか、それともコーヒーで」

二人ともコーヒーと言った。マイクは別室のドアを開け、声をかけると、すぐにコーヒーが運ばれてきた。

ノーマンは榊原に視線を送り言った。

「将軍とはアジア太平洋防衛会議いらいですね」

榊原はうなずいた。

マイクは言った。

「そのときに私も将軍とはお会いしています。確か橋本さんも一緒でしたね」

橋本はうなずいた。

ノーマンは首をかしげて言った。

「すると私も橋本さんとは会っていることになるが」

橋本は笑みをこぼして英語で言った。

「私は影が薄いようです。個性に乏しいせいでしょうが一度では覚えてもらえません」

マイクはすぐに口を挟んだ。

「私は覚えていました。ノーマン将軍の記憶力の方に問題があるようですが」

四人は声を合わせて笑った。

マイクは笑いが止むのを待って言った。

「沖縄が嘉手納基地と嘉手納弾薬庫の即時無条件全面返還を要求しました。その要求の姿勢はこれまでのところ極めて強行で、その背景にあるのは独立だと思われます。情報ではすでに中国とわが国の両政府のリベラル派と接触、独立後のすべての基地の撤去と国の運営について何からの支援を取りつけたようです。日本国防軍同様にわが軍もアジア太平洋地域における平和維持のためには沖縄基地は無くてはならないものだとの認識にあります。現状では中国と台湾、韓国と北朝鮮が平和裏に統一に向かっており、基地の整理縮小が声高に叫ばれています。その状況を打破するにはアジア太平洋地域において新たな緊張状態をつくりだし、沖縄基地の必要性と重要性を身をもってわからせるしか手はありません」

榊原と橋本の顔つきが一変していた。マイクを見据え、一言ひとことにうなずき、口は真一文字に閉じていた。

ノーマンが付け加えるようにして言った。

「わが国政府は沖縄からの兵力の撤収には積極的だと思われます。第一に安保における防衛の肩代わりには限界があり、国民が反対していること。第二に経済大国中国の市場がわが国経済にも大きな影響を与えていることです。中国との経済関係強化のためには沖縄の基地が障害になっているというとらえ方が支配的なのです」

四人は顔を見合わせた。現状の認識にずれはないか互いに確認しているようであった。

間をおいてマイクがきいた。

「日本政府はこの状況にどう対処するつもりですか」

榊原と橋本は顔を見合わせた。榊原が目線で橋本をうながした。

橋本は手もとに置いたノートを広げて言った。

「まずアメリカ政府や国防総省にはおわびをしなければなりません。うかつにも嘉手納基地及び嘉手納弾薬庫の即時無条件全面返還という重要な情報を収集できなかったことです。事前に情報をキャッチできれば今日ほどの混乱を招くことはなかったと思われます。おおやけになった以上、最善の策でもって阻止するしかありません」

橋本はひと呼吸おいた。

「当然ながらわが国政府としては防衛上、嘉手納基地及び嘉手納弾薬庫の即時無条件全面返還に応じるわけにはいきません。ご存じでしょうが、沖縄側にはあらゆる代案を提示し、さらに沖縄振興策への資金援助などを申し入れ、即時無条件全面返還の撤回を迫りました。沖縄側はまったく耳を貸さず、その背景をさぐるうちに独立の二文字がうっすらと浮かび上がってきました」

橋本は声の調子を上げた。

「独立は問題にしていません。独立イコール基地の全面撤去となるわけですが、沖縄県民が独立を選択する可能性はゼロに近い。沖縄県民は基地と共存し、基地が刷り込まれている。あの生後間もない動物がみせる刷り込みですが、基地に愛着を持ち、無くなることへの恐れさえ感じています。それ故に、一九九五年から九六年にかけての基地問題の際も決して撤去を口にせず、整理縮小を唱えていました。ただ、わが政府としても即時無条件全面返還の要求を放置しておくわけにはいきません。そこで貴国には面倒をおかけしますが九六年同様に協議機関を設置していただいて、基地の整理縮小に取り組む姿勢だけをみせる。この協議機関は形だけで、取り組む姿勢をみせるためのものとの理解でかまいません。それで十分に対処できると考えています」

榊原は満足そうな表情をみせた。橋本の発言の意図が読み取れたからだ。アメリカ側は嘉手納基地の即時無条件全面返還の要求に乗じて何を突きつけてくるかわからず、まず最初にクギをさしておくべきだと思った。いかに防衛協力とは言え、普天間基地返還のようにアメリカ側の言いなりになっては日本国防軍の威信にかかわるのだ。

ノーマンは榊原に目をやってきいた。

「軍としてはどうお考えになっていますか？」

榊原は英語で言った。

「沖縄は問題ありません。怖いのはあなた方の政府です」

ノーマンとマイクは顔を見合せ苦笑いした。

榊原は続けた。

「あなた方の政府はいま、中国だけに目先が向いている。そのために鉾先がこちらに向けられたので困るのです。言っていることはおわかりでしょう」

ノーマンはむっとした顔つきになって言った。

「何も要求するつもりはありません。アジア太平洋地域の安定のため嘉手納が必要であり、互いに協力して沖縄基地の兵力を維持しようというだけです」

榊原は言いすぎたと思った。話し合いははじまったばかりだ。駆け引きめいたことを言いだしたのでは機嫌を損ね、反発を招く。

榊原は申し訳なさそうな顔で言った。

「軍部が国務省側の圧力に屈しはしないかと不安がありましたので」

マイクが間髪を入れずに言った。

「そちら側は大丈夫ですか。国の財政が逼迫して防衛費の削減が続いているようですが」

「安保の要である沖縄基地の維持のためならどんなことでもします」

マイクはノーマンを見て表情を緩めた。

マイクはきいた。

「日本国防軍としてはどのような案をお持ちですか？」

マイクは日本国防軍から具体的な提案を引き出すタイミングを見計らっていた。沖縄の基地の問題はあくまでも日本の防衛の問題であって、こちらとしては提案を受け、中国にとってより刺激の強い案に修正していく。その結果、基地の強化につながればいいのだ。

橋本が険しい目つきで榊原をにらみつけたあと言った。

「嘉手納の問題で軍部が慌てふためくのもおかしい。事務方のほうで協議機関を設置して延々と協議を続けておけば、そのうちおさまります」

マイクは言った。

「協議機関を設置するのはかまわないのですが、それは沖縄の動きを封じ込めるための場当たり的な対策にしかすぎない。嘉手納の即時無条件全面返還とそれに伴う独立の機運を一気に潰すには、アジア太平洋地域において新たな緊張状態をつくりだす。それしか手はない。その役割を日本国防軍に担っていただきたいのです」

ノーマンは橋本に鋭い視線を送り言った。

「沖縄の県民は馬鹿ではない。沖縄県民は協議というものにうんざりしているのだ。協議機関を設置しても何の成果も得られないということは過去の体験から学んでいるし、そのことが今日の状況の背景にある。われわれは協議機関を設置して基地の整理縮小を話し合うというわけにはいかないのだ。われわれの目的は、アジアにおいてある緊張状態を創造し、沖縄基地の重要性を認識させ、基地の強化を図ることにある。ただし、わが軍がその目的のために動くわけにはいかない。そこは理解してもらわないと」

榊原は口を滑らせたこともあって黙ってきいていた。しかし、このままではアメリカ側のペースでことが運ぶ。

榊原は強い口調で言った。

「わが軍も同様です。アジア諸国のわが軍に対する見方はアメリカ軍以上にきびしい。多少でも動けば軍事大国との批判を浴びるのは明らかである。矢面に立つわけにはいきません」

四人は互いの顔を見合わせていた。この雰囲気でことばを発するということの意味を十分にわかってのことだった。具体的な提案を示さなければならないのだ。

「独立派を葬る……」

橋本の独り言だった。

マイクはあきれ顔で言った。

「葬ってもなんにもなりません。基地の整理縮小に拍車をかけるだけです」

榊原は意を決したかのような表情を見せ言った。

「嘉手納を共同使用するしかないでしょう。中国政府がどの程度の反応をみせるかわかりませんが、まずは共同使用で動きたい」

ノーマンとマイクはうなずいた。

ノーマンはあごに右手をあてきいた。

「訓練での共同使用ということですか?」

「那覇基地のわが南西方面軍の司令部を嘉手納に移し、段階的に防衛任務を引き継いでいく。そうでもしないと中国を刺激することにはならないでしょう」

ノーマンは大きくうなずいた。

マイクは橋本の表情をうかがいながらきいた。

「スケジュールの検討に入っているのですか?」

榊原は橋本を気にする様子もなくこたえた。

「できるだけ早い時期ということです。沖縄側の動きを封じ込めるためにも」

「こちらとしても早い時期の共同使用をお願いしたい。中国側の反応によっては次の手を考えなければならない」

榊原は首をかしげ、橋本に視線を送った。

橋本はマイクを見据えてきいた。

「共同使用では十分ではないということですか？」

「十分であるかないかは中国の反応をみなければわかりません。反応を示すのは確かでしょうが、新たな緊張状態を派生させるところまでいくかどうかは疑問です」

「ならばあとはそちらにお任せしたいが……」

「わが軍は戦争を仕掛けることはしない。相手が先に手を出せば、やむなくたたくことにしている」

橋本はいらだっていた。アメリカ軍を何としてでも引きずり込まなければならない。こちらだけがやり玉にあげられてはたまったものではない。

橋本は榊原を見た。

榊原は言った。

「中国軍の侵攻を想定しての軍事演習を実施するというのはどうでしょう」

マイクはノーマンを見た。

ノーマンは言った。

「まずは日本国防軍が嘉手納に移駐する。中国側の反応によって次の手を考えなければならないが、すぐにわが軍と日本国防軍が合同で軍事演習というわけにはいかないだろう。手順としては日本国防軍がわが軍の任務を引き継ぐというかたちでの訓練の実施が先である。この時点ではあらゆる想定での訓練は可能で、この訓練は中国側を強く刺激することになると思われる」

榊原は首をひねり少し考え込んだあと、デスクのコーヒーを一気に飲みほした。ここはアメリカ軍のシナリオを拝聴するしかないと思った。

「中国側が反応が冷静なものだとしたらどうなりますか?」

今度はノーマンがマイクを見た。

マイクはあくまでも日本国防軍の提案を受けて話を進めるのが筋だと思っていた。ノーマンの目はマイクをうながしていた。

マイクは言った。

「尖閣はどうでしょう」

「尖閣……」

「そうです尖閣諸島です」

「そこで何を」

「日本国防軍としても尖閣あたりに軍事レーダー基地がほしいと思いまして」

榊原は橋本を見た。

橋本のいらだちは表情にまで表れていた。いらだったときの癖である髪をなでるしぐさが続いていた。

榊原はあきれ顔で言った。

「尖閣にふれると戦争になりますよ」

「あとは外交努力にお任せする。その間というものは沖縄基地に全世界の注目が集まる。基地返還などを口にするものは一人もいなくなるでしょう」

マイクとノーマンは顔を見合わせた。このあとはこちらから提案することはしないという確認のようであった。

「尖閣にふれてもらっては困る」

橋本は髪をなでながら強い口調で言った。間をおいて、また髪をなで続けた。

「わが国政府も中国との関係強化を図っている。もちろん中国市場を念頭においてのことだ。尖閣にふれると中国との関係が取り返しのつかないことになる」

ノーマンはきびしい顔で言った。

「誤解のないように言っておきますが、日本国防軍に戦争を仕掛けろとは言っていません。尖閣にふれたのは沖縄基地における日本国防軍とわが軍の兵力を維持するにはその程度の覚悟は必要だということです。協議機関の設置や金をばらまくやり方は沖縄基地の維持どころか、整理縮小を促進しているようなものだ。嘉手納を含め沖縄の基地が必要であれば必要に値するだけの手を打つ。必要なければ協議機関で整理縮小を話し合えばいい。どうするか決めていただきたいのだ」

橋本はやり返すような口調で言った。

「尖閣はリスクが大きすぎるのです。そこまで想定しなくてもやることはいくらでもある。合同での軍事演習もあれば、新たな兵力の配備や装備の強化も考えられる。さらに共同での兵器開発も中国を刺激することになるだろう。場合によっては下地島空港も念頭においている」

ノーマンは穏やかな表情をみせきいた。

「民間のパイロット訓練飛行場をどう使うつもりですか？」

橋本は榊原に視線を送った。

榊原は言った。

「下地島空港は軍事的に利用価値の高い空港だと思っている。まだ検討段階ではあるが、わが軍の展開によっては南西方面軍とは別に国防空軍の配備もある。アメリカ軍にとっても給油などの中継基地になりえる」

ノーマンは満足そうな表情をみせた。下地島空港が日本国防軍の基地になれば中国を刺激する点においては嘉手納の共同使用以上であると思われた。中国の前面に展開する基地となり、尖閣諸島を監視することになる。中国は過剰な反応をみせるに違いない。

　ノーマンは言った。

「日本国防軍と協力して沖縄基地の強化を図りたい。現状では整理縮小の動きにあるが巻き返しは可能だということだ」

　四人は互いの顔を見合わせた。

　榊原は自信を満ちた表情で言った。

「早急にわが南西方面軍の嘉手納移駐を進めたい」

　四人はいすを立ち、交互にかたい握手を交わした。

第十八章　世論調査

「やるならやってみろということでしょうか？」

豊平は首をかしげ腕組みをしながらきいた。

東恩納はうなずいた。

「日本政府は静観する？」

東恩納はまたうなずいた。

豊平は目を閉じ右手を額に当てた。

知事公舎の執務室の天窓は開いたままになっている。

夜明けの薄い日の光が差し込み、風が舞い降りていた。

東恩納はソファーから立ち上がり、両手を腰に当て、上半身を大きくうしろにそらした。やせているせいもあってか体はやわらかく、弓なりにまがった。二度、三度と同じ動作を繰り返したあとソファーに腰を下ろした。

豊平はたばこに火をつけた。

「やってみるといいです。体をほぐすと頭もほぐれますよ」

豊平は東恩納の一言に吸いかけたたばこを灰皿に置き、立ち上がった。

ソファーから離れ、両手を上に伸ばし体を右から左に大きくまわす。右から左、左から右へと何度も体を回転させるが手だけが空中で踊っていた。

「きついですね」

豊平は顔を真っ赤にしてつぶやいた。

東恩納は口もとを緩めて言った。

「腰がほとんどまわっていませんね。手で腰をまわすのではなく、腰の回転で手がまわるようにしなければいけません。腰は体をつかさどる源です」

豊平は腰に両手を当てた。まわそうとするがきしみを感じた。

「九月の第一日曜日にしたいと思いますがどうですか」

豊平は東恩納のとっさ問い掛けにくねらせていた腰を元に直し、ソファーに戻った。たばこはまだ紫煙をあげている。もみ消すのではなく、親指と人指し指でつまむようにして口に運び深く吸い込んだ。いま県民投票に持ち込んでも勝ち目はない。事が起こるのを待つべきなのだ。事を待って県民投票に持ち込む。

豊平は東恩納の眼を見た。こころを射ぬかれている気がした。たばこを消した。基地あるゆえの撃ち殺し、刺し殺し、絞め殺し、殴り殺し、轢き殺し、ありとあらゆる事件は起きた。一九九五年のあの忌まわしい事件でも事足りないだろう。県民は総決起したが、結果的には政治的なかけひきに利用されただけだ。

東恩納の眼光は鋭くこちらに向いている。

事は犠牲を伴ってもいいのだ。事が起こりさえすればいい。県民が犠牲となっても結果的に独立が勝ち取れるなら。

東恩納の目はまばたき一つしない。

考えはわかっている。犠牲を恐れてはいない。できることなら事が起こることもなく、犠牲を伴うこともない、無風の中で戦いたいと思っている。しかし、県民はそう甘くない。無風の中で動くはずはないのだ。

東恩納は豊平の視線をそらし目をふせた。少し間があって目を開き、自らに語りかけるようにして言った。

「東京から観光客を満載した飛行機が沖縄本島の上空にさしかかった。沖縄の訓練空域ではアメリカ空軍と日本空軍が共同の戦闘訓練を実施していた。嘉手納基地から飛び立った米軍の戦闘機が誤って飛行機に向けてミサイルを発射した」

東恩納は目を見開き、豊平に視線を向けて続けた。

「恐ろしい事ですが起こりえます。たとえ屍をさらし、悲しみと怒りと憎しみが渦巻いたとしても状況を変えることはできません。変わるように見え、変わったように見えても、それは一時的なものなのです。状況を変えうるには外からではなく、内からなのです。犠牲の上に立って変革を口にするのはたやすいことですが、その変革は真の変革とは言えません」

豊平は東恩納の次のことばを待った。

東恩納はひと呼吸ついた。

「私はウチナーンチュであるまえに琉球人だと思っているのです。いま私が戦おうとしている相手は日本に組み込まれた沖縄です。ですから私自身は琉球であり、沖縄と戦おうとしています」

東恩納は一語、一語を噛みしめていた。

豊平は東恩納の視線を追った。

東恩納は天窓に目をやり、ゆっくりとソファーから腰を上げた。中庭の見えるガラス戸に歩み寄り言った。

「日本人が琉球のアイデンティティを呼び覚ます行動に出てくれないか、そう願っています。沖縄は日本に侵されてしまった。しかし、琉球人は日本民族にはまだ完全には侵されてはいない。これから先、完全に侵そうとするだろうし、その行為が琉球人であることを呼び覚ましてくれないものかと」

豊平は仲宗根智明の言った「ウチナーンチュが本気で怒ることって何ですか」という問い掛けを思い出していた。まだ答えは見つかってなかった。

東恩納は向き直り、豊平に視線を合わた。

「琉球人は南の風を受けてしか生きられないのです。南の風は湿った空気を運んでくる。湿った空気には潮の匂いがいっぱい詰まり、それを吸うと脳はしっとりと湿り、何事にも穏やかでおおらかになる。ところが沖縄になってからは北の風を受けて生きようとした。北からの風は乾いた空気を運び、脳はゆっくりと乾いていった。脳の波長は乱れてきたが、まだ気づかないでいるのです。もっと強く北の風が吹き、南の風を追い払ったとき琉球人は南の風でなければ生きられないことを知るでしょう。いま私が期待しているのは北からの強い風です」

豊平は南の風はなく、いまあるのは北の風だけだと思った。

豊平はきいた。

「北からの強い風とはどんな風ですか」

東恩納は笑みをつくって言った。

「北からの風は一つではありません。いろんな種類の風があります。これまでに吹いた風のなかでいちばん多いのは〝憐れみの風〟とでも言うのでしょうか、何か事が起こる度にやって来ては憐れみを見せ、事を治めてしまいます。沖縄の人たちはこの風の乾いた空気を吸わされていましたし、好んで吸ってもいました」

豊平は東恩納のことばがこころにしみていた。北の風に何一つ抵抗できずに身をまかせていたのだ。

東恩納は続けた。

「北の風の乾いた空気は麻薬のようなものです。一度吸うとやめられなくなってしまう。ある大きな出来事が起こる。すると北の風がやってくる。ふと気づき吸うのをやめようと努める。でもやめられない。なぜやめられないのかと自らに問い掛けてみる。すると北の風を吸わなければ生きてはいけないとの答えが返ってくる。ウチナーンチュはすでに南の風のことを忘れてしまっているのです」

豊平は言った。

「南の風なんてありません。どこにも吹いてないのです」

東恩納は笑みをつくりこたえた。

「南の風は見えないものです。琉球人のこころに吹き込む風ですから見えるはずもないのです。それに北の風とは違って何も運んではくれません」

豊平は南の風が何なのかが知りたかった。じっと東恩納の目を見つめていた。

「いま沖縄にはどれだけの祭祀が残っていると思いますか」

東恩納は真顔になって問いかけてきた。

豊平はこたえられないでいた。一つとして祭祀にかかわったことはなかったからだ。

「琉球の祭祀というものは南からの風を呼び込むためのものなのです。その祭祀がほとんど消えた。その原因は北の風にあるのです。救えるとしたらまだ琉球人のこころのなかには祭祀が残っています。北の強い風は琉球人のこころにある祭祀を吹き飛ばそうとしている。吹き飛ばされてしまうとどうなるか、ことばが消え、音が消え、匂いが消え、琉球は消滅してしまうのです」

豊平は気が重くなっていた。北の風には勝てないと思った。北の風を吸ってしまったいま、誰も南の風を吸おうとはしないはずだ。それに何のための独立かもわからなくなっていた。

東恩納は豊平のこころを読み取るかのようにことばを続けた。

「最近のことですが、国務省の沖縄事務所に勤める沖縄の職員が解雇されました。解雇の理由は、十六日の祭祀に宮古に帰省してしまったからです。この職員は十六日が自分にとっていかに大切な祭祀であるかを説明したそうです。しかし年度末の忙しい時期に休むことは許されなかった。十六日がまだ沖縄のなかで生きていたなら休みを許されていたでしょう。ほとんど消滅しかかった祭祀であったために休みも許されず、休んだ結果が解雇だったのです」

豊平は十六日という祭祀があることもわからなかった。解雇は当然とさえ思えた。

豊平は言った。

「琉球では戦うことができないと思います。琉球は見えないのです」

東恩納は少し語気を強めて言った。

「琉球とは解雇された職員そのものなのです。この職員が解雇を覚悟して大事にしたことが南の風であり、解雇したのが北の風と言えます。琉球も南の風もよく見えると思いますが」

豊平はたばこに火をつけた。琉球も南の風も東恩納だけにしか見えない。誰も琉球を見ようとしないし、南の風も受けようとしないだろう。それでどうして独立をかけた県民投票に勝てるのか。

豊平は一服して灰皿にたばこを置き、強い口調で言った。

「琉球のアイデンティティを吹き飛ばすほどの強い北の風はやって来ないと思います。その風を待つよりは現実的な対応が必要なのではないでしょうか。私は非現実的なことも思い描いていましたが、知事は最も理解しにくいアイデンティティで乗り切ろうとしています。琉球人なんてもう沖縄にはいない。すでに北の風で吹き飛ばされています。解雇されたような職員が何人もいるとは思えないのです。北の風が吹き荒れ、アイデンティティを呼び覚ますことなんてありえません」

東恩納は豊平に背を向け目を閉じていた。豊平の言うようにアイデンティティは理解しにくい。そうであったとしても確実に琉球の根を揺るがす出来事が北の風によって起こる。独立を問う県民投票の前になるか、後になるかはわからないが確実にやってくるのだ。

豊平は続けた。

「現実的に対応するには独立しても食っていけるという県民への説得です。独立を語るとき、常に口を突いて出るのは、自ら食っていけるのかどうかというだけのことです。国を語るとき憲法であるとか防衛であるとかよりは、まずは経済で、独立は経済的側面が比重を占めています。私たちが発見したクロマグロは、いまは語れない。将来的にはカジノ計画を全面に打ち立てて自由国琉球の経営を訴えますが、当面の暮らし向きが問いかけられます。それにどう対処するかが県民投票の成否となるのです」

東恩納は目を見開いて言った。

「なぜ独立するのですか」

豊平は経済を口にしたのはまずかったと思った。食っていくための独立ではないのだ。日本という国に従属するよりは貧しくても独自の道を歩みたかったからだ。道の険しさを問題にすべきではないのだ。

豊平は黙った。

東恩納は豊平に鋭い視線をおくり言った。

「はっきりしておきたいことは、経済的自立があって独立するのではないのです。クロマグロという経済的な裏付けがあったにしても独立の真の目的は平和を創造することなのです。琉球人の独立はアジアに平和をもたらすのです」

豊平は東恩納の心根はわかっていた。クロマグロもカジノ誘致も東恩納にとってはない。


枝葉の問題でしかないのだ。平和を唱えるだけで独立が勝ち取れるなどとは思ってい
　豊平は言った。

「沖縄県民は事大主義に陥っています。誰が主人で、誰に従えば生きていけるのかを心得ているのです。あめとむちに飼い馴らされた県民の選択は決まっています」

　東恩納は相槌をうち言った。

「そのとおりです。日本政府は沖縄の県民をよく理解しています。だから静観するのです。それでいいのではないですか」

　豊平は強い口調で言った。

「独立を勝ち取るしかないのです。県民を取り込む方法を現実にそって考えるべきです。中国とアメリカは県民の選択にゆだねています。環境は整っているわけで、県民の選択によって独立が実現します。もしクロマグロで県民を取り込めるとしたらクロマグロ養殖計画を明らかにすべきだと思います。クロマグロが何で、なぜ嘉手納の即時無条件全面返還を突きつけたのか、すべてを明らかにして戦うべきではないでしょうか」

　東恩納はまた天窓に目をやった。天窓は朝日を取り込み、北の風を遮り、南の風を呼び込んでいる。なぜ天窓のように南からの風を受けようとしないのだろう。南の風

でしか生きていけないのがわかりながら北の風を追い求めている。もっともっと南の風を身体いっぱいに浴びせてやらなければいけないのだ。このままでは琉球の民は死んでしまう。

豊平は続けた。

「日本政府は静観するとは思えません。こちらが動けばその以上の動きをみせます。私たちの国はカジノで生計を立てようと考えていますが、日本政府はカジノ以上のおいしい話を出してくるに違いないのです。沖縄に金を落としてやる仕組みを作ればいいだけのことで、あらゆる手を打ってくる。カジノだけでは対抗できません。クロマグロが海底資源であることを明かし、県民に豊かな国づくりをイメージさせることが最も必要なのです」

東恩納はまだ天窓に目をやっていた。八重山では米をつくり、牛や豚も飼おう。宮古は野菜をつくろう。沖縄では漁業をやり、観光でわずかな収入を得る。久米島も米づくりがいいのかしれない。なんとかくらしていけるはずだ。心配事があるとしたら向きを変えた台風と、隣の当たらないユタのへん頭痛ぐらいにしておこう。浜に下りて、月の明かりのなかで泡盛を酌み交わしていると、日本からやってきた人が言う。

「琉球もずいぶんかわりましたね。沖縄県のころに一度だけきたことがあるんですが」。笑ってこたえることにしよう。「日本人がたくさん引き揚げましたからね」。沖からはポン、ポンと音をたてながら、漁を終えたサバニが帰ってきた。船底にはイラブチャーやアーラミーバイ、タマンがいっぱい詰まっているに違いない。

豊平の顔は赤みをおびていた。

「それに日米両軍の動きも無視はできません。嘉手納基地の強化を画策することでしょう。もし日本国防軍が常駐するようにでもなれば一筋縄ではいかなくなります。中国だけでなく、近隣諸国を刺激し、新たな緊張状態をつくり出すことになる。独立なんて吹き飛んでしまいます」

東恩納は天窓から目をそらし視線を豊平に向けきいた。

「私たちの国の名は何でしたか？」

豊平は開きかけていた口を閉じ、間を置いてこたえた。

「自由国琉球ですが」

「自由国と冠するのは国への出入りが自由ということですか」

「そうです。国としては世界ではじめての試みです」

東恩納は首を右に傾けきいた。

「南からの人と北からの人はどちらが多くなりますか」

豊平はすぐにこたえた。

「当然に南からです。多くの日本人は引き揚げることになるでしょう」

「どうしてかね」

「自分たちの国ではないわけですから国に帰ると思います。ただカジノ計画を明らかにしたら豊かな生活ができるのではと残るかもしれませんが」

東恩納は豊平をうながすようにきいた。

「カジノもクロマグロもすべて明らかにしますと、金に群がって生きる人たちだけになりますよ。それでもよいと」

豊平は間をとってきっぱりと言った。

「まず独立です。国の理想を追い求めるのは国となってからにしましょう」

「国民が県民であった時代を懐かしむことはないと言いきれますか」

「問題は貧しさだけです。知事が中国とのクロマグロの共同開発を成功させ、カジノの運営を軌道に乗せることができたら県民であった時代を懐かしむことは絶対にありません」

東恩納は口もとを緩めさびしそうに笑みをつくった。カジノで当てた金を懐に入れ、クラブで派手な衣装の琉球舞踊のショーに目をやりながらブランデーを傾けていると、日本からやってきた人が言う。「琉球もずいぶんかわりましたね。沖縄県のころに一度だけきたことがあるんですが」。笑ってこたえることにしよう。「日本人のくらしはどうですか。琉球はやっと遊んでくらせる時代になりました」。クラブ中央のテーブルでは琉球の通貨であるユイ紙幣をばらまいている琉球人がいた。

豊平は東恩納のことばを待った。できることなら何も示さず極限の状況のなかで戦いたいと思う。でも貧しくなることを覚悟して独立を選択する県民などいないのだ。

東恩納は豊平を見据えていた。

豊平もまた東恩納の目を見ていた。

東恩納は言った。

「何も持たないで戦うことにしましょう」

豊平は一瞬、頭のなかを一本の細い線がすっーと現れるのを見た。線は青く、ツーという音まで発している。ほかを見ようとするが青い線しか見えない。医療機器のモニター画面のようだ。脳死の状態に違いない。細い青い線はどこまでも続いている。あきらかに脳死だ。ここまできて脳死になるとは。困った。知事を助けてやらなければならない。知事は頭が狂っている。どこに琉球人がいるというのだ。間違いなく知事は狂っている。消滅した琉球人の独立など果たせるわけがない。それも南の風だけを頼りに戦おうとしている。知事は完全にキレてしまった。日本政府が黙っているはずもない。日本国防軍は北谷ではなく名護湾から上陸して一日で北部を制圧、知事に即時無条件全面降伏を迫る。狂った知事は県民に無抵抗をうながす。駐留するアメリカ軍は武力制圧を避けるよう日本国防軍を説得し、比謝川を挟んで対峙する。国防軍はアメリカ軍に向かって突入を開始した。知事を救ってやらなければ。細い青い線はどこまでも続いている。まだ脳死状態から脱していない。どうすればいいのだ。クロマグロのことも話さなければならない。クロマグロは尖閣にはない。脳死を脱しなければ。どこからとなく蹄の音がする。二、三頭の馬が勢いよくこちらに向かって駆けてくる。蹄の音は鼓膜を突き破り、脳内で炸裂した。

豊平は目の前にいる人に気づいた。ピントを合わせようとするがぼやけている。三人いるようだ。息を弾ませている。大城律子と仲宗根智明、島袋和博のように見える。大城律子の甲高い声が聞こえた。「世論調査がどうとか」と言っている。声の方向に目をやった。

東恩納と大城が立ったまま向かい合っている。

大城は新聞を手にしている。

仲宗根と島袋はこちらを見ている。二人と視線が合った。

仲宗根の声が耳に入った。

「新聞が世論調査を実施しています。まずいことになりました」

島袋は口を尖らせた。

「誰がクロマグロ養殖計画を漏らしたのですか。クロマグロ養殖計画を知ったうえでの世論調査になっています。知事の会見の前にこのような世論調査を実施されたのでは計画はうまく運びません。それに緊急に手を打たなければ日本政府が動きます」

豊平は脳のなかの細い青い線を見ようとしたが線は走っていなかった。声が出るか口を開いた。

「いま何時だ」

仲宗根は言った。

「六時前ですので知事の会見は遅くとも八時には開かないと」

豊平は東恩納の方に目をやった。大城が新聞を広げ、まだ何か説明している。

東恩納は隣の部屋を指さしている。

豊平はソファーから立ち上がり、東恩納が指さした部屋の方向に歩を進めた。

大城は「室長」と声をかけ、豊平の目の前に新聞を差し出した。

豊平は新聞の見出しに目を疑った。

　渦巻き模様の中に『独立賛成七七・八％』の白抜き文字が横に走っていた。

大城のことばが飛ぶ。

「なぜこのような数字が出るんですか。信じがたいです。何かの間違いなのではないですか。県民の八割ちかくが賛成だなって」

豊平は黙ったまま見出しを追った。

『日本人を否定五三％』

『琉球人を肯定五一％』

『独立のためなら武器を六四％』

豊平は新聞から目を離し東恩納の後について部屋に入った。大城、仲宗根、島袋が続いた。

東恩納は部屋の中央にしつらえられた会議用デスクの真ん中のいすに腰を下ろした。

豊平は向かいに座り、大城と仲宗根、島袋が横に並んだ。

東恩納はみんなの顔をひととおり見渡し口を開いた。

「旧盆は確か九月の二日と三日、四日に当たりますね。曜日は」

大城、仲宗根、島袋がそれぞれ手帳を取り出した。

「火、水、木です」

豊平の声に三人は手帳を置いた。

東恩納は豊平にことばを返した。

「それでは九月の第一日曜日としましょう」

三人は豊平の顔を見た。

豊平は東恩納に鋭い視線を送った。

第十九章　選択

沖縄県知事の東恩納寛栄は沖縄県庁の知事執務室で短い原稿を書きおえたばかりだった。デスクには書類らしきものはなく、原稿と筆だけがあった。

東恩納はデスクを離れＴシャツを脱いだ。県民投票までの三カ月間、愛用したＴシャツだった。胸には自由国琉球の国旗がプリントされている。日の丸の丸の中に青い星形をはめ込んだデザインである。背中にはアルファベットの文字が横に四行並んでいる。

上から下に『キーストン・オブ・ピース』『キーストン・オブ・アジア』『フリーダム・ネーション』『リュウキュウ』とある。

東恩納はＴシャツをいすにかけた。三カ月の戦いの間、何も起こらなかった。嘉手納基地は平和の風景をデッサンしていたし、アメリカ軍も日本国防軍も動くことはなかった。日本政府は静観した。

東恩納は格子柄の琉球絣の開襟シャツに着替えた。

ノックの音がして「入ります」と秘書室長が現れた。

「いよいよ投票開始です」

秘書室長は声を弾ませた。

東恩納はいすにかけたTシャツを秘書室長に手渡しながら言った。

「大事にとっておきましょうか」

「そうされたほうがよいと思います」

東恩納は壁にかかった歴代知事の肖像画に目をやった。物をくれるのが我が主であるべきなのか。そうではないはずだ。問われるのは県民をどう導いていくかという指導力である。なぜこれほどまでに物乞いの民にしてしまった。結局のところ県民との戦いになったではないか。

「そろいましたか、皆さん」

「副知事以下、全部局長がそろいました」

秘書室長は会議室のドアを開け言った。

東恩納は会議室に入った。

楕円形のデスクは中央の知事のスペースだけが空き、緊張した面持ちの部長、局長が席についていた。

東恩納は副知事の謝花彰一と比屋根の間に腰掛けた。

一人として口を開く者はいない。

東恩納は笑みをたたえて言った。

「ご苦労さまです」

東恩納はひと呼吸おいた。

「この間、皆さんには大変ご苦労をおかけしました。県民投票がどのような結果に終わろうと皆さんの中の誰一人として責任を負うべきものではありません。投票のいかなる結果も私一人が受け止めるべきなのです」

東恩納は皆を見渡した。

「恐れることはありません。県民の選択にゆだねればよいのです」

わずかに間があって総務部長が上ずった声で言った。

「午前七時から投票が開始となります。県議会においても再三にわたって説明いたしました通り投開票はすべてコンピュータを使用して行います」

総務部長はノート型のパソコンを開きことばを続けた。

「県民投票の有権者に発送された投票券にはその本人のデータ、すなわち投票場、住所、氏名、年齢、性別などがコード化されています。その投票券でもって投票用紙を受け取ります」

総務部長はパソコンのマウスをクリックしてトーンを上げた。

「問題となった本人であるかどうかの確認については有権者が指紋登録でもしないかぎり無理であります。有権者が投票券を機械に挿入しますと、自動的に投票用紙が出てきます。ただし係員のコンピュータにはデータが映し出されていますので、性別の違いや明らかに年齢の開きなどがある場合には、その場で投票をやめていただきます」

総務部長が話しおえると県民投票実施本部長が立ち上がった。

「開票について説明いたします」

実施本部長は楕円形のデスクの後方に陣取った職員を指さした。

後方にはスクリーンにちかい大型のモニター画面があった。

職員は手元にあるパソコンのキーボードを小気味よくはじいた。

「同じ説明の繰り返しとなりますが、従来の開票作業というものはありません。投票即開票ということです。各地の投票場で一斉に投票が始まりますと、瞬時にして中央のコンピュータが集計をして、投票総数や投票率などのデータをはじき出します。ここに備えたモニターでは開票率と開票に占める賛成と反対の率を線グラフで表示することにしてあります。〇か×かだけの読み取りとなりますのでコンピュータにトラブルが起こることはありえないと思います」

モニター画面には縦に開票率、横に時間を刻んだL字型の太い線が浮かび上がっていた。

実施本部長は職員に視線を送った。

一人の職員が立ち上がり一礼してモニター画面に近づいた。

「画面を見ていただいたらおわかりのように縦が開票率を示し、横が時間の経過です。

瞬時にして数字をはじき出していきますが、開票速報という形を取るため十五分刻みでパーセンテージを出すことにします」

職員は画面に向かって説明を続けた。

「投票が始まりますと、すぐに画面上に線グラフが表れ動きだします。青い線が独立賛成、赤い線が独立反対です」

東恩納はモニター画面を見ていた。二つの線が重なり合うことはないだろう。青い線は赤い線の下にあってはいつくばり、開票が進むにつれてその差は開いていくに違いない。

「知事、投票は何時になさいますか」

秘書室長が後ろから声をかけてきた。

東恩納は皆に聞こえるように言った。

「投票の終了間際にでもしますか。勝利が決定した後に歴史的一票を投じる。Vサインを高々と掲げて」

副知事の謝花が東恩納に顔を寄せ言った。

「投票には私たちも同行させていただきます。Vサインのもとで一票を投じる」

謝花は東恩納の左手をつかんで立ち上がった。

東恩納は引きずられるようにして立った。

謝花は東恩納の左手を高々と上げた。

皆が拍手した。

「それでは開票を見守ることにしましょう」

総務部長のひと言に会議の場の緊張がとけた。

東恩納はざわつきの中でモニター画面を凝視した。結果はすぐに出る。県民の選択は明らかだ。何も与えてくれなければ今のままでいいという、ただそれだけの選択をするに違いない。

「知事」

謝花が耳もとで声をかけた。

「この後のスケジュールですが、直ちにというわけにはいかないでしょうね」

東恩納はうなずいた。

「日本政府は県民投票の結果を無視するでしょう。打つ手はありますか」

東恩納は微笑んで言った。

「なにもしなくていいんです」

謝花は怪訝な顔をした。

「なにもしないわけには？」

東恩納は謝花の顔をのぞき込むようにして言った。

「意思表示はしました。それに応えるのは日本政府です」

「しかし県民投票で勝ってなにもしないというのも」

「日本政府は投票の結果を無視するでしょうが、何らかの対策は立てるでしょう。そのときになって考えましょう」

謝花は納得のいかない表情を見せつぶやいた。

「無責任では」

東恩納は目を細め小声で言った。

「まだ投票も開票も始まっていませんよ。お気持ちは察しますが、よい結果が出た後に二人でじっくりと話し合いましょう」

謝花は押し黙った。

「七時になりました。投票及び開票が同時に進行します」

実施本部長の張り詰めた声にざわついていた会議室は静まり返った。

「投票の出足にもよりますが、第一回の開票速報は七時十五分とします。この時点での投票率は〇・五パーセント前後を予測しています。一パーセントを超えるようだとかなり高い投票率となるでしょう」

東恩納は席を立った。票差が開いていくのを見守るわけにもいかないだろう。ここまで仕掛けたのだ。良しとすべきなのだ。例えごくわずかなパーセンテージであってもステップにはなっているはずだ。

「後はよろしくお願いします」

東恩納は謝花に声をかけ執務室に入った。いすに腰掛け壁にかかった歴代知事の肖像画を目で追った。あなた方の一人として琉球に目を向けなかった。あなた方は日本人になるためだけに時間を費やしてきた。

東恩納はいすを立ち、歴代知事の肖像画の下に歩み寄った。あなたはなにをしようとしたのですか。そしてあなたは……。

東恩納は肖像画を見上げながら一歩あゆみ足を止め、一歩あゆみ足を止めた。琉球の歴史はわかっていたはずだ。薩摩の侵略以来だ。そこからなにを学んできた。日本という国の中で生かされ、蔑まれてきたではないか。あなた方が悪いのだ。あなた方はなにもしようとしなかった。血の一滴も流すことはなかった。そのときどきにおいて沖縄の苦悩を背負った表情をみせ、同情を買うことに終始した。それも日本という国に向けてだ。その結果がどうなったか、あなた方はよく知っていたではないか。琉球の民が悪いというのか。そうではない。民を導くのはあなた方なのだ。

「知事」

秘書室長が入ってきた。

「第一回の開票速報がでました。投票率〇・五パーセント、開票率〇・五パーセントで賛成が三七パーセント、反対が六三パーセントです。おもわしくありません。まだ始まったばかりなのでこれからだと思いますが」

東恩納は肖像画を見上げたままだった。また戦争に巻き込まれて考えなおすことにしますか。でもそのときには琉球の民は消滅していますがね。

東恩納はゆっくりといすに戻った。日本という国についていってもなんにもならない。なにも学ぶことはないのだ。それでも日本国民でありたいのか。いや祖国なのか。

東恩納はいすを立ち「ばかやろう」と叫んだ。

秘書室長が飛び込んできた。

「どうされました」

東恩納は笑みを返した。

秘書室長は困った顔をつくり言った。

「独立反対が七〇パーセントを超えまして……」

東恩納はうなずいた。

「室長、投票にはやはり締め切りぎりぎりがいいですかね。皆さんにはいい夢をみせてもらいましたし、一票は投じないと」

秘書室長は目を閉じていた。

第二十章　キーストンの雨

季節はずれの台風の接近だった。

黒潮海流調査研究室室長の豊平要は寝起きの顔で窓ガラスに打ちつける雨に目をやっていた。知事の東恩納にクロマグロ養殖計画の実行を伝えたのは半年前だった。今はその知事もいない。部下の大城律子、真栄里太平、崎山隆、平良麻美、仲宗根智明、大山美紀、島袋和博も去った。

豊平はたばこに火をつけ深く吸い煙をはいた。なぜ変革を望まない。変革を阻むのに何があるというのだ。何一つないはずだ。

一服したたばこをデスクの灰皿に強くもみ消した。依存症なのだ。病気なのだ。基地に依存し、日本という国に依存してきた。拠り所を失うと生きていけないと思っているのだ。哀れではないか。

ガラス越しの雨は音をたてている。

もう治ることは決してないだろう。薬漬けなのだ。治るチャンスは何度かあった。でも薬に頼った。

豊平はいすに身をあずけ天井をあおぎ、目を閉じた。終わってしまったことだ。考えるのはよそう。

黒潮海流調査研究室は豊平要のデスクを残しすべての物が撤去されていた。研究室メンバー八人にとっては手狭と思われた空間は、まるで貸しホールのようで、蛍光灯の冷めた光が人の気配を拒み、不気味だった。

豊平は何かに気づいたのか、目を見開いた。

身を起こし開いたままになっているパソコンのモニター画面を見た。

《黒潮海流調査研究室の皆様、おはようございます》

《こちらは漁業調査船翔洋丸です》

《現在、伊是名島の南西八マイルの最終ポイントで調査を終えたところですが、台風十三号の接近でおおしけとなり、ただちに寄港を開始します》

《ホンマグロここにあり》

《黒島信之》

豊平の顔がみるみる赤みをおびてきた。

豊平はゆっくりとキーをたたいた。

《翔洋丸の乗組員の皆様、ご苦労さまでした》

《ホンマグロの発見に感謝します》

《自由国琉球はかならずや現実のものとなります》

《キーストン・オブ・ピース》

《キーストン・オブ・アジア》
《フリーダム・ネーション》
《リュウキュウ》
《豊平要》
豊平は電子メールを送りおえると消去した。尖閣諸島にはクロマグロは存在しない。独立を勝ち取ったとき、中国政府に事の真意を明らかにしホンマグロの共同開発を提案しようと思った。今となっては機の到来までホンマグロの存在を隠し通すしかない。
豊平はパソコンのスイッチを切った。
外の雨は風を伴って絶え間なくガラスを打ちつけている。
デスクの引き出しから古びたフロッピーディスクを取り出すと、いすにかけたショルダーバッグに押し込んだ。すべてはこの中にある。今は使われなくなったこのフロッピーの中に。
豊平はいすを立ち部屋をながめた。黒潮海流調査研究室とはよく名付けたものだ。名付け親は知事の東恩納と聞いた。呼び出されたときは、本当に海流調査をやらされると思ったものだ。それにしてはメンバーの構成はおかしかったが。
ショルダーバッグを肩にかけた。二年間をかけて練りに練ったシナリオだった。中国を抱き込み、アメリカを操り、日本を追い詰める。申し分なかった。シナリオは最終章まで進んでいたではないか。

　照明のスイッチを切り部屋を出た。

「お疲れさまでした」

　後ろからの聞き慣れない声に豊平はとっさに振り向いた。

　守衛だった。

　敬礼をしながら近づいてきた。

「かぎをかけるようにと言われまして」

「ご苦労さまです」

　豊平の労いのことばに守衛は笑みを返した。

「これからだと思うんですがね」

　守衛はかぎ穴にかぎを差し込みながら言った。

「なにがですか」

　豊平は「これから」が聞きたかった。

「室長ですよね。研究室の」

「そうですが」

「沖縄県のやるべきことは基地問題の解決だけではないと思うんですよ」

　守衛は恐縮した顔つきになったが眼を光らせことばを続けた。

「黒潮海流調査研究室ができたときは本当にうれしかったですね。目先だけの問題にとらわれず、沖縄の未来を考えて海を研究する。東恩納知事はえらいと思いましたよ」

守衛は足を止めた豊平に先に進むよう促しながら続けた。

「確かに変なところはあると思いますよ。皆が言うように。突然にですね、独立を持ち出したりして」

豊平は小柄な守衛の歩に合わせ、次のことばを待った。

「そうでもしなければと思ったんでしょうね」

守衛は顔を上げ豊平の目を見た。

豊平は視線を返したが、うなずきもせずに黙ったままでいた。

「終わったことはいいですよ。それよりも、なぜ研究室まで閉めるのかがわからない。そうですよね」

豊平は黙っていた。

「海の研究はとても大事だと思いますよ。黒潮の流れを研究して海の資源を活用しようというわけですよね。聞きましたよ。沖縄全体をいけすにすることもできるって。すばらしいですね。こっちの島とあっちの島の海ではマグロを養殖して、小さな島と島の間ではグルクンやタマンを養殖する。豊かな島になるでしょうね」

豊平は歩幅を広げていた。誰に聞いたというのだ。沖縄をマグロのいけすにするなって話を。大城律子ではないし、真栄里太平でもないだろう。もしかすると仲宗根智明かもしれない。副知事の謝花にも回遊する魚のコースを調べているとかなんとか応えたようだし。それにしてもいけすとは考えたものだ。尖閣諸島でのクロマグロ養殖計画そのものではないか。変なことを考えるより、この方が現実味をおびているかもしれない。

豊平は口もとを緩め足早に階段を下りた。一階の正面出入り口まではかなりの段数ではあったが、これまでもエレベーターを使ったことはなく、沖縄県庁を去るこの日も息切れなく出入り口に着いた。

外は薄日が差し、雨と風はぴたりと止み、台風の眼にでも入ったかのようだった。

豊平はすぐに表に出た。いつ風雨が強まるかわからない。

足早に久茂地駅に向かった。モノレールは最大風速二十五メートルで運行が中止になる。今ならまだ運行しているはずだ。

駅を目の前にして豊平はがなりたてるスピーカー音に足を止めた。

駅の出口からは午前九時の出勤に遅れまいとするサラリーマンやＯＬが吐きだされていた。

豊平は運行を確認すると騒音の方に目をやった。

『今回の県知事選挙は沖縄の命運を左右するものでありまして……』

駅前の交差点近くの路上に宣伝カーが停まり、壇上には背広を着た二人の男が立っていた。一人はマイクを握り、一人はたすきをかけ、手をふり頭を下げていた。

豊平は目をこらし二人の男を見た。

マイクを握っているのは日本共和党沖縄県総本部の会長で、国会議員の上地義夫だった。たすきがけの男は副知事を辞任した謝花彰一だった。

豊平は耳に飛び込む拡声を拒まなかった。

『わが日本共和党は今回の知事選挙に立候補した謝花彰一君を全面支援することを決定いたしました。謝花君はご存じのように前副知事として沖縄県のために尽力し、その行政手腕は誰もが認めるところであります。行政をあずかる者にとって最も必要とされる判断力にすぐれ、決断したことをただちに実行に移すという行動力を兼ね備えております』

豊平は腕時計を見た。ホームに入るには間があった。

売店でたばこを三個買い、いくつかの週刊誌をめくっていた。

『東恩納知事の荒唐無稽な即時無条件全面返還と、それに伴う独立に向けての県民投票は県民のみならず日本国民に対する暴挙であり、終始一貫これに反対し、撤回を求めたのは副知事だった謝花君であり、県政与党でありながら毅然たる態度で反対を表明したわが日本共和党沖縄県総本部でありまして……』

豊平は広げていた週刊誌を閉じた。なにが暴挙だ。あんたらに東恩納寛栄という男がわかってたまるものか。

豊平は駅の改札口に向かった。

雨が路面をたたき、リズムを刻んでいた。

『この度、立候補をさせていただきました謝花彰一でございます』

ショルダーバッグをのぞいた。

財布のそばにフロッピーディスクがひそんでいた。

フロッピーディスクに手をあてた。

『沖縄県のために粉骨砕身……』

財布を取り出し五百円硬貨をつまんだ。

『豊かで活力ある沖縄県を目指し……』

五百円硬貨をキップの自販機に入れた。

「豊平要さんですか」

豊平は振り返った。

目に入ったのは縁取りの丸い帽子をかぶった小柄な男だった。

「なにか」

「黒島信之です」

小柄の男は顔をあげた。

「知事」

豊平はひと言発しことばを失った。

「ホンマグロを見つけに行きましょうか」

男は笑みを浮かべて言った。

「知事、あなたが」

小柄な男は雨の中に歩きだした。

豊平は後を追った。

十貫瀬　和生　じっかんじかずお
1946年生まれ。これといった目標もなく小、中、高校を過ごし、あっという間に大学を出て（6年かかりましたが）、なんとなく地元新聞社に席を置き、気付いたら24年間も居座っていたのでした。なんにマヤーされたのか、居心地のいい席を立ち、外に飛び出したのです。すると風、雨ともに強く、一瞬のうちに吹き飛ばされてしまいました。いまは那覇市の沖映通りからジュックヮンジ向けにすこし入ったところで、「缶詰ハウス」なる店を構えている。

死者たちの切札　－琉球20XY年
2000年8月1日　第一刷発行
著　者　**十貫瀬和生**
発行者　**宮城正勝**
発行所　**ボーダーインク**
沖縄県那覇市与儀226-3　電話098-835-2777　Fax098-835-2840
印刷所　（株）尚生堂

ISBN4-89982-003-8